L'ABATTOIR DE VERRE

J. M. COETZEE
Prix Nobel de littérature

L'ABATTOIR DE VERRE

TRADUIT DE L'ANGLAIS
PAR GEORGES LORY

ÉDITIONS DU SEUIL
25, bd Romain-Rolland, Paris XIVe

Ce livre est édité par Anne Freyer-Mauthner

Cette traduction est publiée en accord avec
Peter Lampack Agency, New York

ISBN 978-2-02-140239-1

www.seuil.com

Le chien

Le panneau sur le portail indique *Chien méchant*, et sans aucun doute il est méchant. Chaque fois qu'elle passe, il se jette contre le portail, hurlant son envie de l'attaquer et de la mettre en pièces. Il s'agit d'un grand chien, un chien déterminé, une sorte de berger allemand ou de rottweiler (elle s'y connaît mal en races canines). Dans ses yeux jaunes elle lit, dardée sur elle, la haine à l'état pur.

Ensuite, quand la maison au chien méchant est loin derrière elle, elle rumine cette haine. Cela n'a rien de personnel, elle le sait : quiconque s'approche du portail à pied ou à vélo est visé. Mais comment éprouve-t-il cette haine ? Est-ce comme un courant électrique, qui s'allume quand l'objet est en vue et s'éteint dès qu'il a tourné le coin de la rue ? Est-ce que des spasmes de haine continuent à secouer le chien quand il se retrouve seul, ou est-ce que la rage tombe tout d'un coup, puis le chien s'en retourne à un état tranquille ?

En semaine, elle passe à bicyclette deux fois par jour, d'abord sur le chemin de l'hôpital où elle travaille, ensuite au retour de son service. Ses passages étant très réguliers, le chien sait quand l'attendre : avant même qu'elle soit en vue, il halète d'impatience près du portail. Comme la maison est bâtie sur une pente, elle avance lentement le matin ; par bonheur, le soir, elle peut passer prestement.

Elle ne connaît rien aux races canines, mais elle perçoit bien la satisfaction que le chien retire de ses rencontres avec elle. La satisfaction de la dominer, la satisfaction d'être craint.

Le chien est un mâle, non castré d'après ce qu'elle peut voir. Sait-il qu'elle est femelle, à ses yeux un humain appartient-il à l'un des deux genres, correspondant aux deux genres chez les chiens, et de ce fait ressent-il une double satisfaction – celle d'une bête dominant une autre bête et celle d'un mâle dominant une femelle –, elle n'en a aucune idée.

Comment le chien sait-il, en dépit de son masque d'indifférence, qu'elle le craint ? Réponse : elle dégage l'odeur de la peur, elle ne parvient pas à la cacher. Chaque fois que le chien se rue vers elle, un frisson lui parcourt le dos et des effluves lui sortent de la peau, odeur qu'il capte immédiatement. Cela le porte à une extase de rage, cette bouffée de peur dégagée par une créature de l'autre côté du portail.

Elle a peur et il le sait. Il s'attend deux fois par jour au passage de cette créature qui le craint, qui ne peut pas dissimuler sa peur, qui dégage l'odeur de la peur comme une chienne dégage un fumet sexuel.

Elle a lu saint Augustin. Augustin dit que la meilleure preuve que nous sommes des créatures déchues tient au fait que nous ne pouvons pas contrôler les mouvements de notre propre corps. Plus précisément, un homme est incapable de contrôler les mouvements de son sexe. Ce membre se comporte comme s'il était mû par une volonté indépendante ; peut-être même se comporte-t-il comme s'il était mû par une volonté extérieure.

Elle pense à saint Augustin en arrivant au pied de la colline où se trouve la maison, la maison au chien. Va-t-elle réussir à se contrôler cette fois-ci, aura-t-elle le cran nécessaire pour se garder de dégager cette humiliante odeur de peur ? Chaque fois qu'elle entend le profond grognement dans la gorge du chien, grognement qui pourrait être autant de rage que de convoitise, chaque fois qu'elle ressent le choc du corps contre le portail, elle reçoit la réponse : pas aujourd'hui.

Le chien méchant est enfermé dans un jardin où rien ne pousse hormis de l'herbe. Un jour, elle descend de sa bicyclette, la pose contre le mur et frappe à la porte, attend et attend encore, tandis qu'à quelques mètres de là le chien recule puis se précipite contre le grillage. Il est huit heures du matin, une heure inhabituelle pour toquer à la porte des gens. Néanmoins, la porte finit par s'entrouvrir. Dans la lumière faible, elle discerne un visage, celui d'une vieille femme aux traits émaciés et aux cheveux gris négligés.

« Bonjour, dit-elle dans son français qui n'est pas si mauvais. Puis-je vous parler un moment ? »

La porte s'ouvre un peu plus. Elle pénètre dans une pièce peu meublée, un vieil homme en gilet de laine rouge est attablé devant un bol. Elle le salue ; il hoche la tête, mais ne se lève pas.

« Désolée de vous déranger si tôt le matin. Je passe en vélo deux fois par jour, et chaque fois – je suis sûre que vous l'avez entendu – votre chien m'attend pour me saluer. »

Silence.

« Cela dure depuis quelques mois. Je me demande si le temps n'est pas venu de modifier les choses. Seriez-vous disposés à me présenter à votre chien, afin qu'il se familiarise avec moi, afin qu'on lui montre que je ne suis pas une ennemie, que je ne lui veux aucun mal ? »

Les deux autres échangent un regard. L'air dans la pièce est pesant, comme si aucune fenêtre n'avait été ouverte depuis des années.

« C'est un bon chien, dit la femme. Un chien de garde. »

Elle comprend qu'il n'y aura pas de présentation, pas de familiarisation avec le chien de garde ; parce qu'il sied à cette femme de la traiter en ennemie, elle continuera de la traiter en ennemie.

« Chaque fois que je passe devant votre maison, votre chien se met en fureur, dit-elle. Je ne doute pas qu'il me déteste par devoir, mais je suis choquée par cette haine envers moi, choquée et terrifiée. Chaque passage devant votre maison est une épreuve humiliante. C'est humiliant d'être terrifiée de la sorte. D'être incapable d'y résister. D'être incapable de mettre fin à la peur. »

Le couple la regarde durement.

« Il s'agit d'une voie publique, dit-elle. J'ai le droit de ne pas être terrifiée, ni humiliée, sur la voie publique. Il est en votre pouvoir de rectifier les choses.

– C'est notre rue, dit la femme. Nous ne vous avons pas invitée à passer par ici. Vous pouvez prendre une autre rue. »

L'homme parle pour la première fois :

« Qui êtes-vous ? De quel droit venez-vous nous dire comment nous devons nous conduire ? »

Elle est sur le point de lui répondre, mais cela ne l'intéresse pas.

« Allez-vous-en, lâche-t-il. Allez, allez, allez ! »

Son gilet de laine est effiloché ; comme il agite la main pour la congédier, le poignet trempe dans le bol de café. Elle songe à le lui faire remarquer, mais ne le fait pas. Sans un mot, elle bat en retraite. La porte se referme derrière elle.

Le chien se jette contre le grillage. *Un jour,* dit le chien, *ce grillage va céder. Un jour,* dit le chien, *je te mettrai en pièces.*

Aussi calmement qu'elle le peut, tremblante malgré tout, sentant des vagues de peur s'évaporer dans l'air, elle fait face au chien et lui parle avec ses mots d'humain.

« Va au diable ! » lance-t-elle.

Puis elle grimpe sur sa bicyclette et remonte la colline.

(2017)

Histoire

Elle n'éprouve aucune culpabilité. Pas la moindre. C'est ce qui la surprend.

Une ou deux fois par semaine, elle se rend en ville, chez un homme, se déshabille, fait l'amour avec lui, se rhabille, quitte les lieux, va à l'école récupérer sa fille et celle d'une voisine. Dans la voiture, elle écoute le récit de leur journée scolaire. Ensuite, pendant que les deux filles prennent leur goûter et regardent la télévision, elle se douche, se lave les cheveux, se fait toute fraîche, toute neuve. Sans culpabilité. Fredonnant.

Quel genre de femme suis-je? se demande-t-elle en tendant le visage sous la cascade d'eau chaude, appréciant le son mat des gouttes sur ses paupières, sur ses lèvres. Quel genre de femme suis-je donc, que me convienne si facilement cette infidélité ?

Infidélité : c'est le mot qu'elle a prononcé *in petto* à l'instant où l'homme s'est glissé en elle la première fois. Tout ce qui s'était passé auparavant pouvait trouver excuse, être qualifié de futile : les baisers, l'effeuillage, les caresses, les contacts intimes. À tout cela, on pouvait donner un autre nom. Jouer, par exemple, jouer avec l'infidélité, ou même jouer avec l'idée d'infidélité. Comme prendre une gorgée sans l'avaler. Pas vraiment pour de bon. Mais quand il s'est glissé en elle, en douceur, avec gratitude, la chose est devenue irréversible, c'était pour de bon. Elle advenait ; elle était advenue.

À présent, elle avale chaque fois. Elle est impatiente d'avaler l'homme dans son corps. Quel genre de femme suis-je ? pense-t-elle. La réponse semble être : tu es une femme simple. Tu sais (enfin !) ce que tu veux. Tu vas chercher ce que tu veux et tu en es satisfaite. Tu le veux, tu le veux, et quand tu l'as, tu es satisfaite. C'est pourquoi tu n'es pas insatiable, tu n'es pas une femme insatiable.

Miroir, mon beau miroir : dis-moi !

Il n'est pas du genre homme d'intérieur, mais en prévision de sa visite il achète des sushis ; et après, s'il leur reste du temps, ils s'assoient sur le balcon, regardent la circulation et dégustent leurs sushis.

Parfois, au lieu de sushis, il achète du baklava. Entre les jours à sushis et les jours à baklava, il n'y a pas de distinction précise. Chaque jour, chaque visite, est tout aussi simple, aussi satisfaisant.

De temps à autre, pour des raisons professionnelles, son mari passe la nuit ailleurs. Elle ne profite pas de sa liberté pour voir l'homme. Elle perçoit clairement la limite entre eux, la limite telle qu'elle la conçoit. Tout particulièrement, elle ne veut pas que ce qui se passe entre eux s'immisce dans son domicile – domicile qui inclut son mariage.

Ce qui se passe entre eux n'a pas encore de nom. Quand ce sera fini, cela portera un mot : une aventure. Jadis, j'ai eu une aventure avec un homme singulier, avouera-t-elle à une amie en prenant un café. Je ne l'ai dit à personne, tu es la première à qui j'en parle, promets-moi de n'en souffler mot. Cette liaison a duré trois mois, six mois ou trois ans. Jadis. Ce fut une aventure, elle était étonnamment simple, étonnamment agréable, tellement agréable que je n'ai pas essayé de la renouveler. C'est pourquoi je peux t'en parler : elle fait partie de mon passé, de ce que j'étais, de ce qui me fait, mais ne fait pas partie de moi-même. Il m'est arrivé d'être infidèle, mais tout est fini. À présent, je suis redevenue fidèle. Je suis moi-même maintenant.

Son mari part en voyage d'affaires, elle l'appelle à minuit. « Où es-tu ? » demande-t-elle. Dans sa chambre d'hôtel, répond-il. « Es-tu seul ? » Seul, bien sûr, répond-il. « Dis-moi que tu m'aimes. » Il lui dit qu'il l'aime. « Dis-le plus fort. Pour que tout le monde l'entende. » Il lui affirme qu'il l'aime, qu'il l'adore, qu'elle est la seule femme de sa vie. Pour la deuxième fois, il lui dit qu'il est seul; il lui demande si elle est jalouse. «Bien sûr que je suis jalouse. Sinon pourquoi serais-je incapable de m'endormir à l'idée de te savoir dans une chambre d'hôtel avec une autre femme? Pour quelle autre raison t'appellerais-je?»

C'est juste un mensonge. Elle n'est pas jalouse. Comment le pourrait-elle? Elle est comblée, une femme comblée ne saurait être jalouse. Cela semble être une loi.

Le motif de son coup de fil à minuit à l'hôtel d'une autre ville, c'est pour lui signifier clairement qu'elle ne reçoit pas d'homme chez elle, dans le lit conjugal. Son mari n'a pas le moindre soupçon à son égard; son mari n'est pas d'un naturel suspicieux; elle lui téléphone cependant et affecte d'être jalouse. Une manœuvre rusée, perverse même.

L'homme qu'elle voit, l'homme qui l'accueille chez lui, dans son lit, porte un nom. Face à lui, elle l'appelle par son prénom, Robert; mais quand elle se retrouve seule, elle l'appelle X. Elle l'appelle X non parce qu'il est mystérieux, mais parce que X, c'est le signe qu'on emploie pour biffer un nom, un Robert ou un Richard. On barre d'un X et c'est fini.

Elle ne déteste pas X, elle n'aime pas X, mais elle aime sa façon de la regarder, tout ce qu'il lui fait découlant de cette façon de la regarder. Lorsqu'elle est étendue nue sur son lit, chez lui dans son appartement, il la contemple avec une telle joie dans les yeux, avec un tel plaisir, avec un tel désir, que...

Si X était peintre, elle le persuaderait de la peindre nue, sur son lit. Pour l'occasion, elle porterait un masque vénitien. Le tableau serait intitulé *Nu au masque*. Elle le pousserait à l'exposer, afin que tout le monde voie à quoi ressemble un corps de femme très désiré.

Si X était un véritable peintre, il trouverait une façon d'exprimer la chose suivante : regardez ce corps tant désiré ; et si je décide d'enlever le masque, regardez une femme tant désirée.

Tant: que signifie ce *tant*?

Il n'est pas peintre, évidemment. Il exerce un métier qui lui permet de prendre un après-midi par semaine, parfois deux. Elle connaît son métier, il le lui a dit, mais ce n'est pas important, et pour cette raison elle décide de l'oublier.

Il lui pose des questions sur son mari, sur leurs relations. «Tu crois que je me sers de toi pour reconquérir mon mari? Rien n'est plus faux. Mon mariage est parfaitement heureux.»

Rien ne cloche dans son mariage. Elle est mariée depuis dix ans, ou depuis sept selon ce que signifie être marié, et elle n'a aucune raison de croire qu'elle ne restera pas mariée, jusqu'à sa mort du moins. Jamais elle n'a été plus attentive à l'égard de son mari qu'en ce moment, plus ouverte, plus aimante. Leurs ébats sont toujours aussi délicieux, meilleurs même.

Est-ce parce qu'elle voit un homme singulier une fois par semaine, parfois deux, parce que cet homme singulier, X, éveille son désir et le satisfait, que ses ébats avec son mari sont toujours délicieux, peut-être même meilleurs ? Cet homme, X, lui a donné à lire une histoire écrite par Robert Musil, où une femme a une aventure avec un étranger, puis retourne à son mari, plus aimante que jamais. Il lui a donné cette histoire comme si cela devait provoquer chez elle une sorte d'illumination, mais pas du tout. Elle ne ressemble pas à la femme de l'histoire, Céleste ou Clarisse. La Clarisse de l'histoire est perverse ; elle, elle n'est pas perverse. Plus précisément, la Clarisse de l'histoire essaie d'arracher la perversité au marécage moral dans lequel elle est tombée, de s'en délivrer et de se racheter ; tandis qu'il n'y a rien de pervers dans ce qu'elle fait l'après-midi pendant ses visites en ville. Cela n'a rien de pervers, car cela n'a rien à voir avec son mariage. Ce qu'elle fait ces après-midi-là est pris sur son temps libre, à un moment où, l'espace d'une heure ou deux, elle cesse d'être une femme mariée, elle est simplement elle-même.

Une femme mariée peut-elle cesser, suite à une décision mûrie, d'être mariée pendant un laps de temps, d'être elle-même, puis de redevenir ensuite une femme mariée ? Qu'est-ce que cela signifie, être une femme mariée ?

Elle ne porte pas d'alliance, son mari non plus. Ils ont pris la décision ensemble, au début, il y a sept ou dix ans. Une alliance est le seul signe visible qui distingue une femme mariée d'une femme qui est simplement une femme. S'il existe un autre signe, invisible, elle ne voit pas ce que ça peut être. Plus précisément, quand elle interroge son cœur, elle constate seulement qu'elle est elle-même.

L'histoire écrite par Robert Musil l'a mise sur la défensive vis-à-vis de X. Elle n'est pas certaine que la Clarisse de l'histoire se mente à elle-même (elle ne voit pas comment on peut trancher la question), mais le fait que la question se pose à propos de cette Clarisse signifie que la question doit se poser à son propos à elle. Toutes ces questions sur la signification d'être une femme mariée sont-elles une façon de justifier son infidélité ? Elle ne le croit pas ; mais, de la même manière, elle ne voit pas comment cette question peut être tranchée.

Elle pense vraiment que X a commis une erreur en lui donnant cette histoire à lire. Une erreur de son point de vue à lui, car cela a sali une eau qui ne l'était pas auparavant. Une erreur de son point de vue à elle, puisque cela déprécie X qu'il puisse penser qu'elle ressemble (ou pas) à la femme de l'histoire. Or il lui importe d'avoir une bonne opinion de X.

Ce qui la laisse perplexe, c'est qu'elle ne ressent aucune culpabilité. Parfois, dans les bras de son mari, elle aimerait dire : « Tu ne peux pas savoir comme je me sens bénie d'être aimée par deux hommes. Mon cœur éclate de reconnaissance. » Mais, sagement, elle réfrène son impulsion. Sagement, elle scelle ses lèvres et se concentre afin de presser la dernière goutte de plaisir de l'acte qui les occupe, elle et son mari qu'elle aime.

« Pourquoi souris-tu tout le temps ? » lui demande sa fille dans la voiture.

Elles ne sont ce jour-là que deux à rentrer à la maison, la fille des voisins, malade, n'est pas allée à l'école.

«Je souris parce qu'il est bien agréable d'être avec toi.

– Mais tu souris tout le temps, dit l'enfant, même quand nous sommes à la maison.

– Je souris parce que la vie est belle. Parce que tout est parfait.»

Tout est parfait. Est-ce cela, la perfection: avoir un mari et un amant en même temps? Est-ce cela que nous pouvons espérer au ciel: bigamie, bigamie multiple, bigamie de tous avec tous?

Elle est en fait assez conservatrice en matière de morale. Quand cette affaire sera terminée, cette chose qui semble vouée à être emballée comme une aventure, elle doute qu'il y en ait une autre. Les liaisons dont ses amies lui ont parlé, ces aventures qu'on lui a confiées, paraissent rarement heureuses. Dans son cas, ce serait tenter le sort que d'espérer non seulement une première aventure heureuse, mais une série d'aventures heureuses. Quand ce sera terminé, dans trois mois, trois ans, n'importe quand, elle redeviendra une femme mariée, mariée vingt-quatre heures sur vingt-quatre, avec, ancré en elle, le souvenir de savoir ce que cela fait d'être allongée sur un lit un jour d'été, dévorée par le regard d'un homme qui, même s'il ne peut pas vous peindre, portera pour le reste de sa vie, gravée dans son cœur, l'image de la beauté nue.

(2014)

Vanité

C'est l'anniversaire de leur mère, le soixante-cinquième, et, de ce fait, c'est important. Ils arrivent groupés chez elle, sa sœur, sa femme et lui, avec les deux petits-enfants et tous les cadeaux : belle compression dans une petite voiture.

Ils prennent l'ascenseur jusqu'au dernier étage, appuient sur la sonnette. C'est elle qui ouvre, ou plutôt une femme mystérieuse qui ne ressemble guère à leur mère.

« Bonjour, mes chéris, dit cette femme étrange ou vaguement étrange. Ne restez pas plantés là – entrez ! »

Le temps qu'ils pénètrent tous dans l'appartement, il a remarqué ce qui a changé. Elle s'est teint les cheveux. Cette femme, sa mère, qui d'aussi loin qu'il se souvienne a toujours eu les cheveux strictement courts, grisonnants à partir de la quarantaine, est désormais blonde, élégamment coiffée, avec une mèche friponne qui lui tombe sur l'œil droit. Et ce maquillage ! Elle qui ne s'est jamais maquillée, ou de façon si minimale qu'un homme peu observateur comme lui ne discernait rien, elle a assombri ses sourcils et recouvert ses lèvres d'une nuance appelée, croit-il, corail.

Les petits-enfants, ses enfants à lui, qui, comme tous les enfants, n'ont pas appris à cacher leurs sentiments, sont les plus prompts à réagir.

« Qu'as-tu fait, Bonne Maman ? dit Emily, l'aînée. Tu as l'air bizarre.

– Tu n'embrasses pas ta Bonne Maman ? » demande sa mère. Il n'y a ni pathos ni blessure dans sa voix. Il est habitué à l'inflexibilité de son caractère, et cette inflexibilité n'a absolument pas disparu. «Je ne trouve pas du tout que j'aie l'air bizarre. Je pense que j'ai l'air assez jolie, et d'autres personnes pensent de même. Tu t'y habitueras vite. De toute façon, c'est mon anniversaire aujourd'hui, pas le tien. Ton tour viendra. Notre tour vient une fois par an, aussi longtemps que nous restons en vie. C'est ainsi que fonctionnent les anniversaires.»

Bien sûr, l'attitude des enfants qui rechignent à l'approcher est cavalière. Cependant, c'est un soulagement qu'ils aient souligné d'emblée cette transformation, ils peuvent ainsi la scruter.

Elle sert du thé et du gâteau, six bougies et demie fichées dans le gâteau représentant six décennies et demie. Elle invite le petit garçon à souffler les bougies, ce qu'il fait.

«J'aime bien ton nouveau look, dit Helen, sa sœur. Voilà. C'est dit. Je suis totalement favorable à un nouveau départ. Qu'en penses-tu, John?»

Lui, John, n'étant plus un enfant, et sachant donc cacher ses sentiments, approuve.

« C'était vraiment la chose à faire pour ton anniversaire, dit-il. Un nouveau départ. Une nouvelle page.

– Merci, répond sa mère. Bien sûr, tu n'en penses pas un mot. Mais merci néanmoins de l'avoir dit. Je suppose que vous voulez savoir, maintenant, ce que cela signifie. »

Il ne tient pas particulièrement à savoir ce que cela signifie. Ce nouveau look, déjà assez surprenant en lui-même, n'a pas besoin d'une explication. Mais il ne dit rien.

« Ce ne sera pas permanent, explique sa mère. Soyez-en assurés, ce sera de courte durée. Je redeviendrai moi-même en temps voulu, à la fin de la saison. Mais je veux qu'on me regarde de nouveau. Juste encore une fois ou deux dans ma vie, je veux qu'on me regarde comme on regarde une femme. C'est tout. Juste un regard. Rien de plus. Je ne veux pas effectuer ma sortie sans avoir vécu cette expérience. »

Un regard. Il échange avec sa sœur un coup d'œil, un clignement familier, non pas le regard qu'échangent un homme et une femme, mais celui d'un frère et d'une sœur unis par une longue complicité.

« Tu ne penses pas, dit Helen, que tu risques d'être déçue ? Non qu'on ne te regarde pas, mais que ce ne soit pas le bon genre de regard.

– Que veux-tu dire ? rétorque sa mère. Je crois savoir ce que tu veux dire, mais dis-le tout de même. »

Helen se tait.

« Tu veux dire un regard horrifié ? Le genre de regard qu'on lancerait à un cadavre habillé pour un bal ? Tu trouves cela extravagant ? »

Elle rejette sa mèche blonde sur le côté.

« C'est très joli », dit Helen, faiblissant.

Du début à la fin, sa femme ne pipe mot. Mais une fois dans la voiture, en route pour la maison, elle se lâche.

« Elle sera mortifiée, dit-elle. Si personne n'intervient, elle sera mortifiée, et on nous le reprochera, parce qu'on l'aura laissée faire.

– Laissée faire quoi ? demande Helen.

– Tu sais bien ce que je veux dire, répond sa femme. Elle ne se contrôle plus. »

C'est donc à lui de la défendre.

« Elle n'est pas hors de contrôle. C'est une personne tout à fait rationnelle. Est-ce irrationnel de vouloir une chose à tout prix et de faire le nécessaire pour l'obtenir ?

– Qu'est-ce qu'elle veut ? demande Emily, sa fille, sur le siège arrière.

– Tu as entendu ce qu'a dit Bonne Maman, glisse-t-il. Elle veut renouveler une expérience qu'elle a connue quand elle était plus jeune. C'est tout.

– Quelle expérience ?

– Tu l'as entendue. Elle veut qu'on la regarde d'une certaine façon. Avec admiration.

– Mais alors pourquoi sera-t-elle mortifiée ?

– Ta mère a usé d'une métaphore. Norma, dis-nous à quoi tu pensais.

– Elle risque d'être déçue, dit Norma, sa femme, la mère de l'enfant. Elle ne recevra pas le genre de regard qu'elle souhaite. Elle recevra un autre genre de regard.

– Quel genre de regard ? »

Norma reste coite.

« Quel genre de regard, maman ?

– Le regard qu'on reçoit quand on est... inadapté. Quand on s'habille de façon décalée. Quand on n'a pas l'âge qu'on prétend avoir.

– C'est quoi, inadapté ? »

Silence.

« Inadapté, cela veut dire inhabituel, explique-t-il. Quand on se comporte de façon inhabituelle ou surprenante, certaines personnes pensent que c'est inapproprié.

– Ce n'est pas du tout ce que je voulais dire, coupe Norma. Inadapté, cela va beaucoup plus loin qu'inhabituel : c'est carrément bizarre. C'est ce qui arrive quand on devient vieux et qu'on commence à perdre la tête.

– Soixante-cinq ans, ce n'est pas vieux, objecte-t-il. Soixante-dix ans, ce n'est pas vieux. De nos jours, même quatre-vingts ans ce n'est pas vieux.

– Ta mère a toujours vécu dans son monde, un monde irréel. Tu le sais parfaitement. Cela se passait bien quand elle était plus jeune. À présent, l'irréalité, la vraie, commence à la rattraper. Elle se comporte comme un personnage de roman.

– Et comment se comportent les personnages de roman ?

– Elle se comporte comme un personnage de Tchekhov. Une de ces personnes qui cherchent à retrouver leur jeunesse et se retrouvent mortifiées. Se font humilier. »

Il a lu Tchekhov, mais n'a nul souvenir d'une femme se teignant les cheveux, partant à la recherche d'un regard, rien de plus, *un certain regard*, et finissant mortifiée, humiliée.

« Continue, insiste-t-il. Raconte-nous l'histoire de cette femme dans Tchekhov. Elle est mortifiée, et que se passe-t-il ?

– Elle revient chez elle à travers la neige, la maison est vide, dans l'âtre le feu est mort. Elle se retrouve face au miroir et enlève sa perruque

– dans Tchekhov, il s'agit d'une perruque – et elle sombre dans la tristesse.

– Et ensuite ?

– C'est tout. Elle est triste, et c'est comme ça que s'achève l'histoire. Triste à jamais. Méditant la leçon. »

(2016)

Une femme
en train de vieillir

Elle se rend chez sa fille à Nice, première visite depuis des lustres. Son fils, aux États-Unis, en route pour une conférence ou une autre, les rejoindra bientôt afin qu'ils passent quelques jours ensemble. Elle trouve singulière cette coïncidence des dates. Elle se demande s'ils ne se sont pas concertés, si ces deux-là n'ont pas un plan, quelque proposition à lui faire, comme font les enfants à un de leurs parents quand ils sentent qu'il ne peut plus vivre seul. *Elle est tellement obstinée*, ont-ils dû se dire, *tellement obstinée, têtue, volontariste – comment pourrons-nous contourner cet entêtement, sauf à nous y mettre à deux ?*

Ils l'aiment, bien sûr, sinon ils ne mijoteraient aucun plan pour elle. Néanmoins, elle se sent comme un de ces aristocrates romains attendant de se voir remettre le breuvage fatal, attendant de s'entendre demander de la façon la plus confiante, la plus compatissante, de l'ingurgiter sans faire d'histoires, dans l'intérêt général.

Ses enfants ont toujours été bons et respectueux, et ils le restent. A-t-elle été une mère tout aussi bonne et respectueuse? C'est une autre affaire. Mais dans cette vie nous ne recevons pas toujours ce que nous méritons. Ses enfants devront attendre une autre vie, une autre incarnation, s'ils veulent égaliser au score.

Sa fille gère une galerie d'art à Nice. Sa fille, pour plein de raisons pratiques, est à présent française. Son fils, avec sa femme américaine et ses enfants américains, ne tardera pas, pour plein de raisons pratiques, à devenir américain. Sitôt envolés du nid, ils sont partis loin. On pourrait même croire, si on ne les connaissait pas, qu'ils sont partis au loin pour s'éloigner d'elle.

Quelle que soit la proposition qu'ils vont lui faire, elle débordera certainement d'ambivalence : amour et sollicitude d'un côté, prompte détermination de l'autre, souhait d'être débarrassés d'elle. En fait, cette ambivalence ne devrait pas la déconcerter. Elle a construit sa vie sur l'ambivalence. Où en serait l'art de la fiction s'il n'y avait aucun double sens ? Que serait la vie même s'il n'y avait que des têtes et des queues, sans rien au milieu ?

« Ce que je trouve troublant en vieillissant, dit-elle à son fils, c'est que j'entends sortir de ma bouche des mots que, jadis, j'entendais chez les personnes âgées et que je m'étais promis de ne jamais employer. Du style *Où-va-le-monde-ma-bonne-dame*. Personne, par exemple, ne semble savoir que le verbe *may* possède un imparfait – où va le monde ? Les gens se promènent dans la rue en mangeant des pizzas tout en parlant dans leur portable – où va le monde ? »

C'est son premier jour à Nice, son troisième pour elle : une belle journée claire de juin, le genre de journée qui attirait au premier chef sur cette côte des Anglais oisifs et nantis. Notons bien, les voici tous deux flânant sur la Promenade des Anglais, exactement comme les Anglais cent ans plus tôt, avec leurs ombrelles et leurs canotiers, déplorant le dernier essai de Thomas Hardy, déplorant les Boers.

« *Déplorer*, dit-elle, un mot qu'on n'entend plus beaucoup de nos jours. Aucune personne raisonnable ne *déplore*, à moins de vouloir être risible. Un mot prohibé, une activité prohibée. Que faut-il donc faire ? Doit-on les refouler, ces regrets, pour ne les lâcher qu'entre vieux ?

– Tu peux déplorer mon attitude autant que tu le souhaites, mère, répond John, son fils bon et respectueux. Je hocherai la tête avec bienveillance et ne me moquerai pas de toi. Qu'aimerais-tu déplorer aujourd'hui, hormis les pizzas ?

– Les pizzas, je ne les déplore pas, elles ont leur place ; c'est de marcher en mangeant et en parlant tout en même temps que je trouve très grossier.

– Je suis d'accord, c'est grossier, ou du moins peu raffiné. Quoi d'autre ?

– Arrêtons là. Ce que je déplore n'a pas d'intérêt en soi. Ce qui m'importe, c'est que me voici en train de faire ce que je m'étais juré d'éviter. Pourquoi ai-je succombé ? Je déplore où va le monde. Je déplore le cours de l'Histoire. De tout mon cœur, je le déplore. Cependant, quand je m'écoute, j'entends ma mère déplorant la mini-jupe, la guitare électrique. Je me souviens de mon exaspération. "Oui, mère", disais-je, mais je grinçais des dents en priant pour qu'elle se taise. Et donc...

– Et donc tu crois que je grince des dents en priant pour que tu te taises.

– Oui.

– Eh bien non ! C'est tout à fait acceptable de déplorer la marche du monde. Il m'arrive de le faire, en privé.

– Mais le détail, John, le détail ! Ce n'est pas seulement le grand mouvement de l'Histoire que je déplore, c'est le détail – les mauvaises manières, les fautes de grammaire, le bruit ! Ce sont les détails qui m'exaspèrent, et ces détails me poussent au désespoir. C'est si peu important ! Tu comprends ? Évidemment, tu ne comprends pas. Tu penses que je me rends ridicule, alors que je ne le suis pas. Tout cela est sérieux ! Comprends-tu que tout cela est sérieux ?

– Bien sûr, je le comprends. Tu t'exprimes très clairement.

– Mais non ! Ce n'est pas le cas. Je m'exprime avec des mots, mais on en a assez, des mots. La seule manière de montrer qu'on est sérieux, c'est de se supprimer. De se planter une épée dans le corps. De se faire sauter la cervelle. Mais dès que je prononce ces mots, tu réprimes un sourire. Je le sais. Parce que je ne suis pas sérieuse, pas totalement sérieuse – je suis trop vieille pour être sérieuse. Se tuer à vingt ans, c'est une disparition tragique. Se tuer à quarante ans, c'est une critique qui donne à réfléchir sur l'époque. Mais se tuer à soixante-dix ans... On dira : "C'est dommage, elle devait avoir un cancer."

– Mais tu ne t'es jamais souciée du qu'en dira-t-on.

– Je ne me suis jamais souciée du qu'en dira-t-on parce que j'ai toujours cru en l'avenir. L'Histoire me rendra justice – voilà ce que je me disais. Mais je suis en train de perdre foi en l'Histoire, en ce qu'elle est devenue aujourd'hui – la foi en son pouvoir d'établir la vérité.

– Et qu'est donc devenue l'Histoire aujourd'hui, mère ? Puisqu'on en parle, puis-je faire remarquer qu'une fois de plus tu m'accules au rôle de l'homme sensé, du bon garçon, une position que je n'apprécie pas particulièrement.

– J'en suis désolée. Désolée. Cela vient du fait que je vis seule. La plupart du temps, il me faut mener ces conversations dans ma tête ; c'est un vrai soulagement de pouvoir développer mes idées avec des personnes.

– Des interlocuteurs. Pas des personnes. Des interlocuteurs.

– Des interlocuteurs avec qui je peux développer.

– Échanger.

– Des interlocuteurs avec qui je peux échanger. Désolée. J'arrête. Comment va Norma ?

– Norma va bien. Elle t'envoie ses pensées affectueuses. Les enfants vont bien. Qu'est devenue l'Histoire ?

– L'Histoire a perdu sa voix. Clio, la muse qui jadis caressait sa lyre et chantait les faits et gestes des grands hommes, est devenue indécise et frivole, comme la plus stupide des vieilles femmes. C'est du moins ce qu'il m'arrive parfois de songer. Le reste du temps, je pense qu'elle est prisonnière d'une bande de voyous qui la torturent et la forcent à dire des choses qu'elle n'a jamais voulu dire. Je ne peux pas te raconter toutes les sombres pensées que je nourris à l'égard de l'Histoire. C'est devenu obsessionnel.

– Une obsession. Cela veut-il dire que tu écris sur le sujet ?

– Non, je n'écris pas là-dessus. Si j'arrivais à écrire sur l'Histoire, je serais en passe de la maîtriser. Non, tout ce que je fais, c'est de m'insurger et déplorer. Je me critique moi-même. Je me suis enfermée dans un cliché, et je ne crois plus que l'Histoire modifiera ce cliché.

– Quel cliché ?

– Celui du disque rayé. Il a perdu sa signification depuis que les gramophones et leurs aiguilles ont disparu. Le mot qui me revient de tout côté est *morne. Son message au monde est infiniment morne.* Que veut dire *morne*? C'est un mot qui appartient à un paysage hivernal, qui s'est attaché à moi comme un petit roquet, jappant à mes basques, et dont je n'arrive pas à me débarrasser. Il me poursuit. Il me suivra jusqu'à la tombe. Au bord de la fosse, il jettera un œil et continuera à japper *morne, morne, morne*!

– Si tu n'es pas celle qui est morne, alors qui es-tu, mère ?

– Tu sais qui je suis, John.

– Je le sais, bien sûr. Dis-le néanmoins. Dis-le avec tes mots.

– Je suis celle qui aimait rire et ne rit plus. Je suis celle qui pleure. »

Sa fille Helen gère une galerie d'art dans la vieille ville. À tout point de vue, cette galerie a du succès. Helen n'en est pas la propriétaire. Elle est employée par deux Suisses qui descendent deux fois par an de leur tanière à Berne pour vérifier les comptes et empocher les recettes.

Helen, ou Hélène, est plus jeune que John, mais paraît plus âgée. Étudiante, elle avait déjà l'air mûre, avec ses jupes serrées, ses lunettes de chouette et son chignon. Un genre que les Français acceptent, et même respectent : l'intellectuelle austère et célibataire. En Angleterre, Helen serait d'emblée qualifiée de bibliothécaire et ferait l'objet de moqueries.

En vérité, elle n'a aucune raison de croire qu'Helen est vieille fille. Helen ne parle jamais de sa vie privée, mais par John elle a appris qu'elle entretient depuis des années une relation avec un homme d'affaires de Lyon qui l'emmène en week-end. Qui sait ? Peut-être s'épanouit-elle au cours de ces sorties.

Il n'est pas bienséant de conjecturer sur la vie sexuelle de ses enfants. Cependant, elle n'arrive pas à croire qu'une personne vouant sa vie à l'art, ne serait-ce qu'en vendant des tableaux, puisse être totalement dépourvue de feu secret.

Elle s'était attendue à un assaut conjoint: Helen et John la faisant asseoir et lui expliquant le plan qu'ils ont concocté pour son salut. Mais non, leur première soirée ensemble se déroule tout à fait agréablement. Le sujet n'est abordé que le lendemain, dans la voiture d'Helen, alors qu'elles traversent les Basses-Alpes en route vers l'endroit que sa fille a choisi pour déjeuner, laissant John travailler à son intervention.

« Tu aimerais vivre ici, mère? demande Helen de but en blanc.

– Tu veux dire, dans les montagnes?

– Non, en France. À Nice. Un appartement se libère en octobre dans mon immeuble, tu pourrais l'acheter, ou nous pourrions l'acheter ensemble. C'est au rez-de-chaussée.

– Tu veux qu'on vive ensemble, toi et moi? Tout ceci est très soudain, ma chérie. Es-tu certaine que tu le souhaites?

– On ne vivrait pas ensemble. Tu serais parfaitement indépendante. Mais, en cas d'urgence, tu aurais quelqu'un à qui t'adresser.

– Merci, ma chérie, mais nous avons à Melbourne d'excellentes personnes, bien formées à s'occuper des vieux et de leurs petites urgences.

– S'il te plaît, mère, ne jouons pas au plus fin. Tu as soixante-douze ans. Tu as des problèmes cardiaques. Tu ne seras pas indéfiniment capable de t'occuper de toi. Si tu...

– N'en dis pas plus, ma chérie. Je suis sûre que tu trouves, autant que moi, ces euphémismes désagréables. Je pourrais me casser la hanche, devenir sénile, je pourrais rester clouée au lit durant des années : c'est de ce genre de choses que nous parlons. Étant donné ces éventualités, la question est : dois-je imposer à ma fille la charge de veiller sur moi ? Et je suppose que pour toi la question est : puis-je vivre en accord avec moi-même si, une fois au moins, je ne lui offre pas, en toute sincérité, soins et protection ?

– Oui. Ma proposition est sincère. Elle est aussi réalisable. J'en ai discuté avec John.

– Alors ne gâchons pas cette belle journée par des chamailleries. Tu m'as fait unc proposition, je l'ai entendue et je promets d'y réfléchir. Restons-en là. Il est fort improbable que j'accepte, comme tu as dû le deviner. Mes réflexions vont dans une tout autre direction. Il y a un sujet sur lequel les vieux sont meilleurs que les jeunes, à savoir mourir. Il appartient aux vieux (quel mot bizarre!) de bien mourir, de montrer à ceux qui suivent à quoi ressemble une belle mort. Voilà où m'entraînent mes réflexions. Je voudrais me concentrer sur une belle mort.

– Tu pourrais avoir une belle mort aussi bien à Nice qu'à Melbourne.

– Ce n'est pas vrai, Helen. Réfléchis bien, et tu verras que ce n'est pas vrai. Demande-moi ce que j'entends par une belle mort.

– Qu'entends-tu par une belle mort, mère?

– Une belle mort se déroule au loin, les restes mortels sont apprêtés par des étrangers, des professionnels du funéraire. Une belle mort, on l'apprend par télégramme : *J'ai le regret de vous annoncer*, etc. Quel dommage ! Les télégrammes ne sont plus à la mode. »

Helen grogne, exaspérée. Elles voyagent en silence. Nice est loin derrière : elles plongent dans une longue vallée, sur une route vide. Même si l'on est officiellement en été, l'air est froid, comme si le soleil n'atteignait jamais ces profondeurs. Elle frissonne, remonte la vitre. On croirait pénétrer en pleine allégorie !

« Ce n'est pas bien de mourir seul, finit par dire Helen, sans personne pour nous tenir la main. C'est contraire à la vie sociale. C'est inhumain. Sans amour. Excuse-moi pour ces mots, mais je le pense vraiment. Je propose de t'offrir ma main. D'être avec toi. »

Des deux enfants, Helen a toujours été la plus réservée, celle qui mettait le plus de distance avec sa mère. Jamais elle ne s'était exprimée de la sorte. La route rend peut-être les choses plus faciles, permettant au conducteur de ne pas regarder dans les yeux la personne à qui il s'adresse. Il faudra qu'elle s'en souvienne, de cette affaire de voiture.

« C'est très gentil de ta part, ma chérie. » La voix qui monte de sa gorge est basse, de façon inattendue. « Je ne l'oublierai pas. Mais ne serait-ce pas curieux de revenir en France après tant d'années ? Que répondrai-je au fonctionnaire à la frontière quand il me demandera l'objet de ma visite, travail ou loisir ? Ou, pire, s'il me demande combien de temps je pense rester ? *Pour toujours ? Jusqu'à la fin ? Juste pour un court séjour ?*

– Tu diras *réunir la famille*. Il comprendra. Il ne réclamera rien de plus. »

Elles déjeunent dans une auberge appelée Les Deux Ermites. Ce nom doit cacher une histoire, mais elle préfère qu'on ne la lui raconte pas. Si c'est une bonne histoire, elle est probablement inventée. Le vent souffle, froid comme un couteau ; elles se sont installées à l'abri de la véranda, avec vue sur les sommets enneigés. Il est tôt dans la saison : à part la leur, seules deux tables sont occupées.

«Joli? Oui, bien sûr, c'est joli. Un joli pays, un pays magnifique, cela va sans dire. *La belle France.* Mais n'oublie pas, Helen, la chance que j'ai eue, la vocation privilégiée qui fut la mienne. La plupart du temps, j'ai pu bouger comme bon me semblait. J'ai vécu, quand je l'ai choisi, dans le giron de la beauté. La question que je me pose à présent, c'est: toute cette beauté, quel bien m'a-t-elle fait? La beauté n'est-elle qu'un bien de consommation, comme le vin? On le déguste, on l'avale, il nous donne une sensation agréable, grisante, mais qu'en reste-t-il au final? Le résidu du vin, excuse-moi, c'est l'urine; quel est le résidu de la beauté? Quel aspect positif nous laisse-t-elle? La beauté fait-elle de nous des gens meilleurs?

– Voilà donc la question: cela nous rend-il meilleurs de vivre entourés de beauté? Avant que tu ne donnes ta réponse, mère, puis-je te donner la mienne? Je crois que je sais ce que tu vas répondre. Tu vas me dire que toute la beauté que tu as rencontrée ne t'a apporté aucun bienfait visible, qu'un de ces jours tu vas te retrouver à la porte du paradis les mains vides et un grand point d'interrogation au-dessus de la tête. Ce serait tout à fait dans ton caractère, celui d'Elizabeth Costello, de dire pareille chose. Et de penser de la sorte.

La réponse que tu ne donneras *pas*, parce que ce ne serait pas dans le style d'Elizabeth Costello : ce que tu as produit comme écrivain possède en soi de la beauté – une beauté limitée, d'accord, ce n'est pas de la poésie, mais une beauté tout de même, dans la forme, la clarté, l'économie, et qui a changé la vie d'autres personnes, a fait d'elles des humains meilleurs, ou légèrement meilleurs. Il n'y a pas que moi qui le dis. D'autres l'ont dit, des étrangers. À moi, les yeux dans les yeux. Non pas parce que ce que tu écris contient des leçons, mais parce que *c'est* une leçon.

– Comme l'araignée d'eau, tu veux dire.

– Je ne sais pas ce qu'est une araignée d'eau.

– L'araignée d'eau est une mouche à longues pattes. Un insecte. L'araignée d'eau pense qu'elle part en chasse de nourriture, alors qu'en fait ses mouvements tracent en continu sur la surface de l'étang le mot le plus beau, le plus transcendant, le nom de Dieu. Les mouvements du stylo sur la page tracent le nom de Dieu. Tu peux le voir, toi qui observes à distance, alors que moi je ne le peux pas.

– Oui, si tu veux. Mais cela va plus loin. Tu enseignes une façon de ressentir. Par la force de la grâce. La grâce du stylo quand il suit le mouvement de la pensée. »

Cela sonne antique, cette théorie esthétique soutenue par sa fille, plutôt aristotélicien. Helen l'a-t-elle élaborée seule, ou l'a-t-elle simplement lue quelque part ? Comment s'applique-t-elle à la peinture ? Si le rythme du stylo est celui de la pensée, quel est le rythme du pinceau ? Et que dire des peintures à la bombe aérosol ? Ce genre de peinture nous enseigne-t-il à devenir meilleurs ?

Elle soupire.

« C'est gentil de dire ça, Helen, c'est gentil de me rassurer. Après tout, ce ne fut pas une vie gâchée. Je n'en suis pas convaincue, évidemment. Comme tu dis, si j'étais convaincue, je ne serais pas moi-même. Mais ce n'est pas une consolation. Je ne suis pas d'humeur gaie, comme tu peux le constater. Selon mon humeur actuelle, la vie que j'ai vécue me semble malencontreuse du début à la fin, et pas d'une façon particulièrement intéressante, d'ailleurs. Si l'on veut vraiment devenir une meilleure personne, il me semble maintenant qu'il doit y avoir des voies moins détournées que de noircir des milliers de pages de prose.

– Quelles voies ?

– Helen, cette conversation n'est pas intéressante. Un état d'esprit lugubre ne délivre pas de pensées intéressantes.

– Alors il ne faut plus se parler ?

– Oui, ne parlons plus. Adonnons-nous plutôt à une occupation vraiment démodée : écoutons calmement le coucou. »

Car, en effet, un coucou est en train d'appeler, dans le taillis derrière le restaurant. Si elles entrouvrent d'un cheveu la fenêtre, le son porté par le vent parvient clairement : un motif à deux notes, haute-basse, répété sans cesse. *Fleurant,* songe-t-elle – un mot cher à Keats –, fleurant bon l'été et la tranquillité de l'été. Un oiseau méchant, mais quel chanteur, quel prêtre ! *Coucou*, le nom de Dieu en langage coucou. Un monde de symboles.

Ils se lancent dans une activité qu'ils n'ont plus pratiquée depuis l'enfance des enfants. Assis sur le balcon de l'appartement d'Helen dans la chaleur suave de la nuit méditerranéenne, ils jouent aux cartes. Ils jouent au bridge à trois, ils jouent à ce qu'ils appelaient le *sevens*, nommé rami en France, selon Helen-Hélène.

L'idée de jouer aux cartes vient d'Helen. Cela semblait au départ une idée bizarre, artificielle ; mais une fois qu'ils ont pris le rythme, elle trouve cela amusant. Belle intuition d'Helen ; elle ne l'aurait pas crue dotée d'intuitivité.

Ce qui la frappe à présent, c'est la facilité avec laquelle chacun se coule dans la personnalité du joueur d'il y a trente ans. Elle aurait pensé qu'ils se seraient débarrassés de ces personnalités une fois éloignés les uns des autres : Helen impétueuse et étourdie, John un brin buté, un brin prévisible, et elle-même compétitive, de façon surprenante, sachant qu'elle joue tout de même avec la chair de sa chair, sachant que l'humble pélican s'ouvre la poitrine, s'il le faut, pour nourrir ses petits. S'ils jouaient pour de l'argent, c'est par brassées qu'elle raflerait celui de ses enfants. Qu'est-ce que cela dit d'elle ? Qu'est-ce que cela dit d'eux ? Cela dit-il que le caractère est immuable, indissoluble ; ou cela signifie-t-il que les familles, les familles heureuses, tiennent ensemble par tout un registre ludique joué avec des masques ?

« Il semblerait que mes pouvoirs n'ont pas faibli, remarque-t-elle après avoir remporté une nouvelle manche. Excusez-moi. C'est embarrassant. » C'est un mensonge, bien sûr. Elle n'est pas embarrassée pour un sou. Elle est triomphante. « C'est curieux, ces pouvoirs que l'on conserve pendant des années et qui un jour commencent à diminuer. »

Le pouvoir qu'elle garde, celui qu'elle exerce en ce moment, tient à sa capacité de visualisation.

Sans le moindre effort mental, elle voit les cartes de ses enfants, chacune d'elles. Elle peut voir dans leurs mains; elle peut voir dans leur cœur.

« Quels pouvoirs as-tu l'impression de perdre, mère ? demande prudemment son fils.

– Je perds, dit-elle gaiement, la puissance du désir. »

Quand le vin est tiré, il faut le boire.

« Je ne dirais pas que le désir a de la puissance, répond John, se prenant crânement au jeu. De l'intensité, peut-être. De la tension. Mais pas de la puissance calculée en chevaux-vapeur. Le désir nous fait vouloir escalader une montagne, mais ce n'est pas lui qui nous poussera au sommet. Pas dans le monde réel.

– Qu'est-ce qui te poussera au sommet ?

– L'énergie. Le carburant. Tout ce qu'on a emmagasiné en se préparant.

– L'énergie. Veux-tu connaître ma théorie sur l'énergie ? À mesure que nous prenons de l'âge, chaque partie de notre corps se détériore ou souffre d'entropie, jusqu'à la moindre cellule. Les vieilles cellules, même toujours saines, sont frappées par les couleurs de l'automne. Cela vaut aussi pour les cellules du cerveau : frappées par les couleurs de l'automne.

Tout comme le printemps est la saison qui regarde l'avenir, l'automne est la saison qui regarde vers l'arrière. Les désirs conçus par un cerveau automnal sont des désirs d'automne, nostalgiques, entassés dans la mémoire. Ils n'ont plus la chaleur de l'été ; même lorsqu'ils sont intenses, leur intensité est complexe, plurivalente, tournée vers le passé plus que vers l'avenir.

Voilà, en résumé, ma contribution à la science du cerveau. Qu'en pensez-vous ?

– Je dirais : une contribution moins à la science qu'à la philosophie, avance son fils avec diplomatie, à la branche spéculative de la philosophie. Pourquoi ne pas dire simplement que tu te sens d'humeur automnale, un point c'est tout ?

– Parce que, s'il s'agissait seulement d'une humeur, elle changerait, comme toutes les humeurs : le soleil se lèverait, mon humeur deviendrait ensoleillée. Mais il y a des dispositions de l'âme plus profondes que les humeurs. *La nostalgie de la boue,* par exemple : ce n'est pas une humeur, mais un état ontologique. La question que je pose est : dans la nostalgie de la boue, la nostalgie appartient-elle à l'esprit ou au cerveau ? Ma réponse est : au cerveau. Le cerveau, dont l'origine se trouve non pas dans le royaume éternel des formes, mais dans la saleté, la boue, la vase primale vers laquelle il aspire à retourner à mesure qu'il fatigue. Une aspiration matérielle, émanant des cellules elles-mêmes. Une pulsion de mort plus profonde que la pensée. »

Cela sonne bien, cela sonne pour ce que c'est, du bavardage, cela ne sonne pas le moins du monde absurde. Mais ce n'est pas ce qu'elle pense, derrière tout ce bavardage. Ce qu'elle pense, c'est : *Qui ose parler ainsi à ses enfants, ces enfants qu'elle pourrait ne plus revoir ?*

Ce qu'elle pense aussi, c'est : *Typiquement le genre de pensée qui vient à une femme à l'automne de sa vie. Tout ce que je vois, tout ce que je dis est frappé par le regard en arrière. Que me reste-t-il? Je suis celle qui pleure.*

« C'est de cela que tu t'occupes ces jours-ci – la science du cerveau ? demande Helen. Tu écris là-dessus ? »

Question étrange, intrusive. Helen ne parle jamais de son travail. Ce n'est pas exactement un sujet tabou entre elles, mais certainement un sujet hors cadre.

« Non, répond-elle. Je me cantonne à la fiction – tu en seras soulagée. Je ne suis pas encore descendue assez bas pour colporter mon opinion. *Opinions d'Elizabeth Costello, dame de bonne société.*

– Un nouveau roman ?

– Pas un roman. Des histoires. Tu veux en entendre une ?

– Oui. Cela fait un bout de temps que tu ne nous as pas raconté d'histoire.

– Très bien. Une histoire avant de dormir, pour mes enfants. Il était une fois, à notre époque, pas dans les temps anciens, un homme qui se rendit dans une ville inconnue, appelons-la X, pour un entretien d'embauche. Fébrile dans sa chambre d'hôtel, d'humeur aventureuse, taraudé par l'envie d'un je-ne-sais-quoi, il décrocha le téléphone pour faire venir une call-girl. La fille arriva et passa un moment avec lui. Avec elle, il se sentit libre, bien plus qu'avec sa femme. Il eut quelques exigences.

L'entretien le lendemain se déroula bien. On lui offrit le poste, il accepta et, en temps voulu, déménagea avec sa femme et le reste. Parmi les employés de sa nouvelle société, travaillant comme secrétaire ou vendeuse ou standardiste, il reconnut soudain la fille, celle qui était venue dans sa chambre. Il la reconnut, elle le reconnut.

– Et alors ?

– Je ne peux pas en dire plus.

– Mais tu nous as promis une histoire. Ce que tu nous as raconté n'est pas une histoire, juste les prémices d'une histoire. Si tu ne continues pas, tu manques à ta parole.

– Ce n'est pas nécessaire qu'elle soit secrétaire. L'homme prend son poste dans la ville de X, et se fait inviter peu après avec sa femme chez un de ses collègues. La fille de son collègue leur ouvre la porte, et voilà qu'il s'agit de la fille qui est venue dans sa chambre d'hôtel.

– Continue. Qu'arrive-t-il ?

– Cela dépend. Peut-être ne se passe-t-il rien de plus. Peut-être s'agit-il d'une histoire qui s'arrête sans savoir où aller.

– Balivernes. Cela dépend de quoi ? »

C'est John qui parle à présent :

« Cela dépend de ce qui s'est passé entre eux à l'hôtel. Cela dépend des services qu'il a exigés. Dans l'histoire, mère, tu détailles ce qu'il a exigé ?

– Oui, clairement. »

Ils restent tous silencieux. Ce que vont faire l'homme dans la ville de X ou la fille qui pratique en douce la prostitution s'estompe dans l'insignifiance. L'histoire réelle se passe sur le balcon, où deux enfants d'âge mûr font face à une mère dont la capacité à les perturber et à les consterner n'est pas encore épuisée. *Je suis celle qui pleure.*

« Vas-tu nous dire quelles étaient ces exigences ? » demande Helen sinistrement, puisqu'il n'y a rien d'autre à demander.

Il est tard, mais pas trop tard. Ce ne sont plus des enfants, ni l'un ni l'autre. Pour le meilleur et pour le pire, ils se trouvent tous sur le même esquif qui prend l'eau appelé la vie, sans illusions, à la dérive sur une mer d'obscurité indifférente (que de métaphores elle file, cette nuit !). Peuvent-ils apprendre à vivre ensemble sur leur bateau sans se dévorer les uns les autres ?

« Il s'agit d'exigences qu'un homme peut imposer à une femme, et que je trouve choquantes. Mais peut-être ne les trouveriez-vous pas choquantes, vous qui êtes issus d'une autre génération. Dans ce domaine, le monde a peut-être mis les voiles et m'a laissée à terre, déplorant tout cela. C'est peut-être là le cœur de l'histoire : tandis que l'homme, l'homme mûr, rougit quand il se retrouve face à face avec la fille, pour celle-ci, ce qui s'est passé à l'hôtel fait simplement partie de son commerce, partie de la vie, partie des choses qui arrivent. »

Les deux enfants qui ne sont plus des enfants échangent un regard. *C'est tout?* semblent-ils dire. *Pas vraiment une histoire.*

«La fille dans l'histoire est très belle, dit-elle. Une vraie fleur. Je peux le révéler. L'homme en question, M. Jones, ne s'est jamais lancé dans des agissements de ce genre: humilier la beauté, la détériorer. Ce n'était pas son idée quand il a décroché son téléphone. Il ne soupçonnait pas, quand il a composé le numéro, qu'il portait cela en lui. L'idée lui est venue seulement quand la fille est apparue et qu'il a constaté qu'elle était, comme je l'ai dit, une fleur splendide. Il a pris pour un affront d'être passé sa vie durant à côté de la vraie beauté, et de devoir, vraisemblablement, continuer de passer à côté. *Un univers sans justice!* aura-t-il songé, se lançant dès lors sur une voie amère. Pas un homme sympathique, en somme, ce M. Jones.

– Je croyais, mère, dit Helen, que tu avais des doutes sur la beauté, sur son importance. Accessoire, disais-tu.

– J'ai dit ça?

– Plus ou moins. »

John lève la main et la pose sur le bras de sa sœur.

« L'homme de l'histoire, M. Jones, croit toujours à la beauté. Il est sous son sortilège. C'est pourquoi il la déteste et l'agresse.

– C'est ce que tu penses, mère ? demande Helen.

– Je ne sais pas. L'histoire n'est pas encore écrite. D'habitude je résiste à la tentation de parler des histoires avant qu'elles soient sorties de ma musette. Maintenant je sais pourquoi. » Bien que la nuit soit chaude, elle frissonne légèrement. « Je ressens trop d'interférences.

– Ta musette, dit Helen.

– Peu importe.

– Ce ne sont pas des interférences, trouve Helen. Venant d'autres gens, ce pourraient être des interférences. Mais nous sommes de ton côté. Tu le sais bien, non ? »

De ton côté ? Quelle absurdité. Les enfants sont contre leurs parents, pas avec eux. Mais il s'agit d'une soirée particulière au sein d'une semaine particulière. Il est très peu probable qu'ils se retrouvent de nouveau tous les trois ensemble, pas au cours de cette vie. Pour une fois peut-être, ils devraient se transcender. Peut-être les mots de sa fille viennent-ils du cœur, du fond de son vrai cœur, pas du faux. *Nous sommes de ton côté.* Sa propre impulsion à embrasser ces mots – peut-être vient-elle aussi de son vrai cœur.

« Alors, dites-moi quoi raconter, glisse-t-elle.

– Qu'il l'embrasse ! lance Helen. Devant sa famille, laisse-le prendre la fille dans ses bras et la serrer. Peu importe si cela fait bizarre. Laisse-le dire : "Pardonnez-moi pour ce que je vous ai fait." Fais-le tomber à genoux devant elle. "Laissez-moi de nouveau adorer la beauté du monde à travers vous." Ou des mots approchants.

– Cela fait très *Crépuscule celtique,* murmure-t-elle. Très Dostoïevski. Je ne suis pas sûre que ce soit dans mon registre. »

C'est le dernier jour de John à Nice. Tôt demain matin, il partira pour sa conférence à Dubrovnik, où l'on débattra, semble-t-il, du temps avant le commencement du temps et du temps après la fin du temps.

«Jadis, j'étais un garçon qui adorait regarder à travers un télescope, lui dit-il. Aujourd'hui je dois me transformer en philosophe. En théologien même. Un sacré changement.

– Et qu'espères-tu voir dans ton télescope en plongeant dans le temps avant le temps?

– Je ne sais pas. Dieu peut-être, lui qui n'a pas de dimensions. Caché.

– Eh bien, j'aimerais bien le voir, moi aussi. Mais il semble que je n'en sois pas capable. Dis-lui bonjour de ma part. Dis-lui que je passerai un de ces jours.

– Mère!

– Désolée. Tu le sais, j'en suis certaine, Helen m'a proposé d'acheter un appartement par ici. Une idée intéressante, mais je ne pense pas la suivre. Elle me dit que tu as aussi une proposition à me faire. C'est grisant, toutes ces propositions.

Comme si j'étais courtisée de nouveau. Que me proposes-tu ?

– Que tu viennes habiter chez nous à Baltimore. La maison est grande, il y a beaucoup d'espace, nous avons une seconde salle de bains tout équipée. Les enfants adoreront. Ce serait bien pour eux d'avoir leur grand-mère à demeure.

– Ils peuvent adorer tant qu'ils ont neuf et six ans. Moins quand ils auront quinze et douze ans, qu'ils amèneront des amis à la maison où Mamie en pantoufles traînera les pieds dans la cuisine en marmonnant, en faisant claquer son dentier, ne sentant pas trop bon. Merci, John, mais c'est non.

– Tu n'es pas obligée de prendre ta décision tout de suite. Mon offre reste ouverte et le restera.

– John, je ne suis pas en mesure de prêcher, venant d'une Australie qui bave littéralement d'obéissance devant son maître américain. Garde à l'esprit, toutefois, que tu m'invites à quitter le pays où je suis née pour me fixer dans le ventre du Grand Satan, et que je pourrais avoir quelques objections. »

Il s'arrête de marcher, son fils à elle, du coup elle s'arrête à ses côtés, sur la promenade. Il semble soupeser ces paroles, les couvrant d'un amalgame de pudding et de gelée dans son crâne, ce cadeau de naissance offert il y a quarante ans dont les cellules ne sont pas fatiguées, pas encore, assez vigoureuses même pour se colleter avec de grandes et de petites idées, le temps avant le temps, le temps après le temps et que faire d'un parent âgé.

« Viens quand même, dit-il, malgré tes réserves. D'accord, ce n'est pas la meilleure des périodes, mais viens quand même. Par goût du paradoxe. Si tu peux accepter la plus infime, la plus douce des exhortations, sois circonspecte face aux déclarations grandiloquentes. L'Amérique n'est pas le Grand Satan. Ces types à la Maison-Blanche ne sont qu'une virgule dans l'Histoire. Ils partiront en temps voulu, et tout redeviendra comme avant.

– J'ai donc le droit de déplorer, mais pas celui de dénoncer ?

– Je pense à la droiture, mère, au ton et à l'esprit de la droiture. Je sais qu'il doit être tentant, après une vie passée à peser chaque mot avant de l'écrire, de se laisser porter par le torrent. Mais ça laisse un goût amer dans la bouche. Tu dois en être consciente.

– L'esprit de la droiture. Cela ressemble donc à ça. Je le garderai à l'esprit. Quant au paradoxe, la première leçon, d'après mon expérience, c'est qu'il ne faut pas s'y fier. Si on se fie au paradoxe, celui-ci nous laissera tomber. »

Elle prend son bras; en silence ils reprennent leur promenade. Mais tout ne va pas bien entre eux. Elle perçoit sa raideur, son irritation. Un enfant boudeur, se souvient-elle. Lui reviennent en mémoire les heures de cajoleries pour faire cesser ses bouderies. Un garçon sombre, fils de parents sombres. Comment pourrait-elle rêver de trouver refuge chez lui, avec sa femme désapprobatrice aux lèvres serrées!

Au moins, songe-t-elle, ils ne me traitent pas en idiote. Mes enfants me font au moins cet honneur.

« Assez de querelles », dit-elle. Cajolerie? Plaidoyer? « Ne nous rendons pas malades en parlant de politique. Nous sommes au bord de la Méditerranée, le berceau de l'Europe, un soir d'été embaumé. Laisse-moi te dire simplement, si Norma, toi et les enfants ne pouvez plus supporter l'Amérique, toute sa honte, la maison de Melbourne est à vous, comme elle l'a toujours été. Vous pouvez venir en visite, vous pouvez venir comme des réfugiés, vous pouvez venir pour *réunir la famille,* comme dit Helen. Et maintenant, que dirais-tu d'aller la cherçher et de flâner jusqu'à son petit restaurant boulevard Gambetta pour un bon dîner ensemble ? »

(2003-2007)

La vieille dame
et les chats

Il trouve fort de café que, pour avoir une conversation ordinaire, voire nécessaire, avec sa mère, il lui faille venir jusqu'au village plongé dans l'ignorance où elle réside, sur le plateau castillan, où il fait froid toute l'année, où l'on dîne d'une assiette d'épinards et de haricots, et où, de surcroît, il faut être poli envers ses chats à demi sauvages qui s'égaillent dès qu'on pénètre dans la chambre. Pourquoi, au soir de sa vie, ne s'est-elle pas fixée dans un endroit civilisé? C'est compliqué d'arriver jusque-là, ce sera compliqué d'en repartir; même passer un moment en sa compagnie est inutilement compliqué.

Pourquoi tout ce qui touche à sa mère devient-il compliqué ?

Il y a des chats partout, si nombreux qu'ils semblent se diviser et se multiplier devant lui telles des amibes. Un homme inconnu, en bas dans la cuisine, est penché en silence sur son bol de haricots. Que fait cet étranger dans la maison de sa mère ?

Il n'aime pas les haricots, ils vont lui donner des gaz. Suivre le régime de la paysannerie espagnole du dix-neuvième siècle juste parce qu'on habite en Espagne lui paraît du chiqué.

Les chats, qui n'ont pas encore été nourris, et qui ne supportent certainement pas les haricots, se rassemblent aux pieds de sa mère, se contorsionnant, se lissant le poil comme s'ils cherchaient à capter son attention. S'il s'agissait de sa maison à lui, il les jetterait tous dehors. Mais il ne s'agit pas de sa maison, il n'est qu'un hôte, il faut qu'il se comporte poliment, même envers les chats.

« Voilà un petit vaurien culotté, remarque-t-il en le désignant, là-bas, celui-là, avec la tache blanche sur le visage.

– À strictement parler, dit sa mère, les chats n'ont pas de visage. »

Les chats n'ont pas de visage. S'est-il ridiculisé une fois de plus ?

« Je veux dire, celui qui a une marque blanche autour de l'œil, rectifie-t-il.

– Les oiseaux n'ont pas de visage, continue sa mère. Les poissons n'ont pas de visage. Pourquoi les chats en auraient-ils ? Les seules créatures dotées d'un vrai visage sont les humains. Nos visages prouvent que nous sommes humains. »

Évidemment. Il comprend à présent. Il a fait un lapsus lexical. Les humains ont des pieds, les animaux des pattes ; les humains ont un nez, les animaux un museau. Mais si seuls les humains ont un visage, à travers quoi les animaux font-ils face au monde ? Des *traits antérieurs* ? Semblable terme satisferait-il la passion de sa mère pour la précision ?

« Un chat a une mine, et non un visage, poursuit sa mère. Une mine physique. Même nous, toi et moi, ne sommes pas nés avec un visage. On nous extrait un visage, comme le feu sort du charbon. J'ai obtenu ton visage, du plus profond de toi. Je me souviens, je me suis penchée sur toi et je t'ai soufflé dessus, jour après jour, jusqu'à ce que toi, l'être que j'appelais *toi mon enfant*, commence à émerger. C'était comme faire naître une âme. »

Elle se tait.

Le chaton à la marque blanche s'est lancé dans une bagarre avec un chaton plus âgé pour un brin de laine.

« Avec ou sans visage, dit-il, j'aime l'arrogance de celui-ci. Les chatons sont très prometteurs. Dommage qu'ils tiennent si rarement leurs promesses. »

Sa mère fronce les sourcils.

« Que veux-tu dire par *tenir ses promesses*, John ?

– Je veux dire qu'ils semblent grandir comme des individus, des chats particuliers, chacun avec son caractère individuel, avec une perspective individuelle sur le monde. Mais, au bout du compte, les chatons deviennent des chats interchangeables, des chats lambda, des représentants de leur espèce. Des siècles de cohabitation avec nous ne semblent pas les avoir aidés. Ils ne s'individualisent pas. Ils ne développent pas de caractère propre. Au mieux, ils montrent un type de caractère : le paresseux, le grincheux, et ainsi de suite.

– Les animaux n'ont pas de caractère, de la même façon qu'ils n'ont pas de visage, répond sa mère. Tu es déçu parce que tu en attends trop. »

Même si sa mère contredit tout ce qu'il avance, il n'a pas le sentiment qu'elle lui soit hostile. Elle continue d'être sa mère, c'est-à-dire la femme qui l'a porté en elle, l'a veillé ensuite avec affection mais de façon abstraite, l'a protégé jusqu'à ce qu'il trouve son chemin dans la vie, puis l'a plus ou moins oublié.

« Mais si les chats ne sont pas particuliers, mère, s'ils ne sont pas capables d'être des individus, s'ils ne sont qu'une suite d'incarnations du Chat platonique, pourquoi en gardes-tu autant ? Pourquoi pas un seul ? »

Sa mère ignore la question.

« Un chat a une âme, pas un caractère. Si tu peux saisir le distinguo.

– Il vaudrait mieux m'expliquer. En termes simples, pour un non-initié ralenti. »

Sa mère lui renvoie un sourire réellement doux.

« Les animaux n'ont pas de visage, à proprement parler, parce qu'ils n'ont pas la fine musculature autour des yeux et de la bouche que nous avons la chance d'avoir, nous les humains, afin que notre âme s'y manifeste. Leur âme reste invisible.

– Une âme invisible, dit-il, rêveur. Invisible pour qui, mère ? Invisible pour nous ? Invisible pour eux ? Invisible à Dieu ?

– En ce qui concerne Dieu, je n'en sais rien. Si Dieu est omnivoyant, tout doit lui être visible. Mais invisible pour toi et moi, certainement. Invisible, à proprement parler, aux autres chats : inaccessible à la vision. Les chats utilisent d'autres moyens pour se comprendre entre eux. »

Est-ce pour entendre cela qu'il a fait des kilomètres : des âneries mystiques sur l'âme des chats ?

Quid de l'homme dans la cuisine ? Quand donc sa mère va-t-elle lui expliquer qui il est ? (Cette petite maison n'est pas faite pour l'intimité, il entend l'homme nasiller en mangeant, doucement, comme un porc.)

« Se comprendre les uns les autres, reprend-il, qu'est-ce que ça veut dire ? Se renifler le sexe ou quelque chose de plus noble ? Et », il se montre tout d'un coup audacieux, « qui est cet homme en bas ? Il travaille pour toi ?

– L'homme dans la cuisine s'appelle Pablo. Je m'en occupe. Je le protège. Pablo est né dans le village, il y a passé toute sa vie. Il est timide, il ne réagit pas bien face aux étrangers, c'est pourquoi je ne t'ai pas présenté. Pablo est passé par une période difficile, fut un temps, quand il avait l'habitude de s'exhiber, comme on dit. De façon habituelle et sans provocation. Pas devant moi – quand on a atteint un certain âge, les hommes ne s'exhibent plus devant nous – mais devant des jeunes femmes, des enfants aussi.

Les services sociaux voulaient enfermer Pablo dans un endroit dit sécurisé. Sa famille, c'est-à-dire sa mère et sa sœur non mariée, ne s'y opposait pas, car il leur avait déjà causé assez de problèmes. C'est alors que je suis intervenue. J'ai promis aux services sociaux que je m'en occuperais s'ils le laissaient ici. J'ai promis de garder un œil sur lui, de m'assurer qu'il ne se conduirait pas mal. C'est ce que j'ai fait et continue de faire. Voilà la personne qui est dans la cuisine.

– C'est donc la raison pour laquelle tu ne voyages pas. Tu dois rester ici pour surveiller l'exhibitionniste du village.

– Je garde un œil sur Pablo et un œil sur les chats. Les chats aussi ont une relation difficile avec le village. Il y a quelques générations, il s'agissait de chats domestiques ordinaires. Les habitants des villages comme celui-ci sont partis peu à peu vers les villes, vendant leur bétail, laissant les chats domestiques se débrouiller tout seuls. Ces chats sont désormais férals, évidemment. Ils sont revenus à la nature. Quel autre choix avaient-ils ? Mais les gens demeurés dans les villages n'apprécient pas les chats sauvages. Ils leur tirent dessus dès qu'ils peuvent, ou ils les capturent et les noient.

– Abandonnés par leurs maîtres, ils se sont réapproprié leur âme sauvage », propose-t-il.

La remarque se veut désinvolte, mais sa mère n'en voit pas l'humour.

« L'âme n'a pas de qualité, sauvage, domestiquée ou que sais-je, dit-elle. Si une âme avait des qualités, ce ne serait plus une âme.

– Mais tu as parlé d'âme invisible, objecte-t-il. L'invisibilité, n'est-ce pas une qualité ?

– Des objets invisibles à la perception, cela n'existe pas, répond-elle. L'invisibilité n'est pas une qualité de l'objet. C'est une qualité, une capacité ou une incapacité, de l'observateur. Nous disons qu'une âme est invisible si nous ne pouvons pas la voir. Cela dit quelque chose de nous. Cela ne dit rien de l'âme. »

Il secoue la tête.

« À quoi cela te mène-t-il, mère, d'être coincée toute seule dans ce village perdu au milieu des montagnes d'un pays étranger, à couper en quatre des cheveux scolastiques sur des sujets et des objets tandis que des chats sauvages pleins de puces et de Dieu sait quelle autre vermine se cachent sous les meubles ? C'est vraiment la vie que tu souhaites ?

– Je me prépare pour le coup d'après. Le dernier coup. » Elle le regarde dans les yeux ; elle est calme, semble tout à fait sérieuse. « Je m'habitue à vivre en compagnie d'êtres dont le mode d'existence n'est pas le mien, aussi éloigné du mien que mon intellect d'humain peut l'appréhender. Cela a-t-il un sens pour toi ? »

Un sens ? Oui. Non. Il est venu pour parler de mort, de perspective de décès, du trépas de sa mère et de la façon de l'anticiper, pas pour parler de la vie après la mort.

« Non, répond-il, cela n'a pas de sens pour moi, pas vraiment. »

Il trempe un doigt dans la soupe de haricots et tend la main. Le chaton à la marque blanche s'arrête de jouer, renifle son doigt avec prudence, le lèche. Il regarde le chaton dans les yeux, un instant le chaton lui retourne son regard. Derrière l'œil, derrière la fente noire de la pupille, derrière et au-delà, que voit-il ? Un éclair momentané, une lumière jaillissant de l'âme invisible qui se cache là ? Il n'en est pas sûr. S'il y a eu un éclair, le plus probable est qu'il s'agissait de son propre reflet dans la pupille du chaton. Puis le chaton saute légèrement du sofa et, la queue dressée, s'en va faire un tour.

« Alors ? » dit sa mère.

Elle esquisse un sourire, peut-être même moqueur. Il secoue la tête, essuie son doigt sur sa serviette.

« Non, je ne vois pas. »

Il dort dans la chambrette donnant sur la rue. La pièce est glaciale, il arrive à peine à se déshabiller. Il s'endort, roulé en boule sous la couverture. Il s'éveille au milieu de la nuit, gelé. Il tend la main pour toucher le petit chauffage d'appoint qu'il avait allumé à côté du lit. Il est froid. Il appuie sur le bouton de la lampe de chevet, mais la lumière ne vient pas.

Il sort du lit, tripote dans le noir les serrures de sa valise, enfile des chaussettes, un pantalon, sa parka. Il s'entoure la tête d'une écharpe. Claquant des dents, il grimpe de nouveau dans le lit et dort par intermittences jusqu'à l'aurore.

Sa mère le trouve dans la grande pièce, penché sur les cendres du feu de la veille.

« On a coupé l'électricité », dit-il sur un ton de reproche.

Elle opine.

« As-tu allumé le chauffage dans ta chambre cette nuit ?

– J'ai laissé le chauffage allumé parce que j'avais froid. Je ne suis pas habitué à ce genre de vie primitif, mère. Je viens de la civilisation, dans les lieux civilisés nous rejetons l'idée que la vie doive être une vallée de larmes.

– Que la vie soit ou non une vallée de larmes, répond sa mère, le fait est que dans cette maison, si on allume le chauffage entre une et quatre heures du matin, au moment où chauffe l'eau pour le bain, l'électricité sera coupée. » Elle marque une pause, l'observe posément. « Ne fais pas l'enfant, John. Ne me déçois pas. Nous n'avons pas beaucoup de jours à vivre ensemble, toi et moi. Montre le meilleur de toi-même, pas le pire. »

Si sa femme lui avait fait ce genre de réflexion, une dispute aurait éclaté – une dispute suivie d'une atmosphère acerbe pouvant durer des jours. Mais avec sa mère il s'est préparé, semble-t-il, à subir des réprimandes. Sa mère a le droit de le critiquer, il courbera la tête dans certaines limites, même si la critique est injuste (comment aurait-il pu être au courant pour l'histoire du chauffage de l'eau ?). Pourquoi, en présence de sa mère, redevient-il un garçon de neuf ans, comme si les décennies passées n'avaient été qu'un rêve ? Assis devant le feu éteint, il lève son visage vers elle. *Lis-moi*, lui dit-il sans prononcer un mot. *Toi qui affirmes que l'âme s'exprime dans le visage, déchiffre donc mon âme et dis-moi ce que je dois savoir !*

« Mon pauvre chéri, dit sa mère en tendant la main pour lui ébouriffer les cheveux. Il va falloir que nous t'endurcissions. Si tout le monde était comme toi, on n'aurait jamais tenu le coup pendant l'époque glaciaire. »

« Combien de chats nourris-tu ? lui demande-t-il.

– Cela dépend des saisons. Actuellement, une douzaine de chats réguliers, plus quelques visiteurs occasionnels. En été, leur nombre diminue.

– Mais à tous les coups, quand tu les nourris, ils se multiplient.

– Ils se multiplient, acquiesce-t-elle. C'est dans la nature des organismes sains.

– Ils se multiplient de façon exponentielle.

– Ils se multiplient de façon exponentielle. Par ailleurs, la nature prend son dû.

– Je comprends néanmoins que tes villageois soient perturbés. Une étrangère arrive dans leur village, se met à nourrir les chats férals, et en moins de deux il y a pléthore de chats. N'es-tu pas en train de détruire un certain équilibre ? Et *quid* des chevaux qui terminent leur vie en nourriture pour chats afin que tu nourrisses les tiens ? As-tu songé un instant aux chevaux ?

– Que veux-tu que je fasse, John ? Veux-tu que je laisse ces chats mourir de faim ? Veux-tu que je n'en nourrisse qu'un petit nombre ? Veux-tu que je leur donne du tofu au lieu de viande ? Que veux-tu dire ?

– Tu pourrais commencer par les castrer. Si tu les faisais castrer, sans exception, à tes frais, tes voisins t'en seraient reconnaissants, au lieu de te maudire dans leur barbe. La dernière génération de chats, stérilisée, pourrait vivre heureuse, et c'en serait terminé.

– Une situation gagnant-gagnant. »

Sa mère semble cassante.

« Oui, si tu vois les choses sous cet angle.

– Une situation gagnant-gagnant où j'apparaîtrais comme un exemple éclatant de la façon la plus rationnelle de régler le problème des chats férals, avec le sens des responsabilités, avec humanisme. »

Il se tait.

« Je ne veux pas être un exemple, John. » Dans la voix de sa mère, il entend les prémices de l'inflexion coriace et têtue qui relève chez elle, pense-t-il tout bas, de l'obsession. « Laissons à d'autres l'exemplarité. Je suis le chemin de mon âme. Je l'ai toujours fait. Si tu ne comprends pas ça à mon sujet, tu ne comprends rien.

– Quand j'entends le mot *âme*, je cesse généralement de comprendre, admet-il. Je m'en excuse. Une conséquence de mon éducation trop rationnelle. »

Il ne partage pas l'obsession de sa mère pour les animaux. À choisir entre les intérêts des humains et les intérêts des animaux, il optera sans hésitation pour les humains, son espèce. Bienveillante mais distante : c'est ainsi qu'il décrirait son attitude envers les animaux. Distante, car, en fin de compte, une vaste distance est tracée entre les humains et le reste du monde vivant.

Si cela ne dépendait que de lui, pour régler le problème du village face à l'invasion des chats, si sa mère n'était nullement impliquée – si sa mère avait trépassé, par exemple –, il dirait: *Tuez-les tous*, il dirait: *Exterminez ces brutes. Chats sauvages, chiens sauvages: le monde n'en a plus besoin.* Mais comme sa mère est concernée, il ne dit rien.

«Veux-tu que je te raconte toute l'histoire de ces chats – de moi et de ces chats?

– Raconte-moi.

– Quand je suis arrivée à San Juan, une des premières choses que j'ai remarquées, c'est que les chats du coin s'éclipsaient à peine captaient-ils la moindre bouffée de présence humaine. Pour de bonnes raisons: les humains s'étaient montrés des ennemis sans pitié. J'ai pensé que c'était une honte. Je ne voulais être l'ennemie de personne. Mais que faire? Je n'ai donc rien fait.

Vint un jour où, lors d'une promenade, j'ai observé un chat dans le caniveau. C'était une chatte, elle était en train de mettre bas. Elle ne pouvait pas s'enfuir. Elle m'a lancé un regard furieux et s'est mise à gronder. Cette pauvre créature, à moitié morte de faim, mettant au monde ses petits dans un endroit sale, humide, était cependant prête à donner sa vie pour les défendre. *Moi aussi je suis une mère,* ai-je eu envie de lui dire. Mais elle n'aurait pas compris, bien sûr. Pas voulu comprendre.

C'est alors que j'ai pris ma décision. C'est venu d'un coup. Sans calcul, sans peser le pour et le contre. J'ai décidé que, en matière de chats, j'allais tourner le dos à ma tribu – la tribu des chasseurs – et me placer du côté des chassés. Quoi qu'il m'en coûte. »

Elle veut en dire plus, mais il l'interrompt, il ne peut pas laisser passer l'occasion.

« Une belle journée pour les chats du village, mais une mauvaise journée pour leurs victimes, observe-t-il. Les chats sont eux aussi des chasseurs. Ils guettent leurs proies – oiseaux, souris, lapins –, qui plus est, ils les dévorent vivantes. Comment as-tu résolu ce problème moral ? »

Elle ignore la question.

« Je ne suis pas intéressée par les problèmes, John – ni par les problèmes ni par la solution aux problèmes. J'abhorre cet état d'esprit qui voit la vie comme une succession de problèmes soumis à l'intellect en vue de leur solution. Un chat, ce n'est pas un problème. La chatte dans le caniveau a fait appel à moi, j'ai répondu. J'ai répondu sans me poser de questions, sans me référer à une évaluation morale.

– Tu as croisé le visage de la chatte et tu n'as pas pu rejeter son appel. »

Elle le regarde d'un air narquois.

« Pourquoi dis-tu ça ?

– Parce qu'il se trouve que tu m'as raconté hier que les chats n'avaient pas de visage. Je me souviens, quand j'étais enfant, tu avais l'habitude de me faire la leçon sur le regard de l'autre, sur l'appel que l'on n'ose pas ignorer quand nous rencontrons l'autre face à face, à moins de nier notre propre humanité. Un appel qui est antérieur et plus primitif que l'appel éthique – c'est comme ça que tu l'appelais.

"Le problème, disais-tu, c'est que ces mêmes personnes qui nous parlent des gens qui nous interpellent ne veulent pas être interpelées par des animaux. Elles ne veulent pas accepter que dans l'œil d'un animal souffrant nous risquons de percevoir un appel qui, de la même façon, ne peut être nié qu'au prix lourd."

Mais – je me le demande maintenant – qu'est-ce que, selon toi, nous nions quand nous refusons l'appel de la bête souffrante ? Est-ce que nous nions notre animalité commune ? Quel statut éthique a donc cette curieuse abstraction, l'*animalité* ? Et qu'est-ce exactement que cet appel qui vient des yeux de l'animal vers nous, ces yeux qui, selon toi, manquent de la fine musculature pour exprimer l'âme ? Si l'œil de l'animal est un simple instrument d'optique inexpressif, ce que tu penses y voir n'est peut-être rien de plus que ce que tu espères y voir. Les animaux n'ont pas, à proprement parler, des yeux, des lèvres, un visage – je veux bien te concéder tout cela. Mais s'ils n'ont pas de visage, comment nous, les êtres à visage, nous reconnaissons-nous en eux ?

– Je n'ai jamais dit que la chatte dans le caniveau avait un visage, John. J'ai dit qu'elle m'avait perçue comme une ennemie, qu'elle avait grondé. Une ennemie ancestrale. Une ennemie de toute son espèce. Ce qui m'est arrivé à ce moment-là n'a rien à voir avec un échange de regards : ça avait à voir avec la maternité. Je ne veux pas vivre dans un monde dans lequel un homme, chaussé de bottes, profite de ce qu'on est en train d'accoucher, vulnérable, sans défense, sans possibilité de fuir, pour nous frapper à mort. Je ne veux pas d'un monde dans lequel mes enfants, ou les enfants de n'importe quelle mère, me sont arrachés et sont noyés sous prétexte qu'on a décidé qu'ils étaient trop nombreux.

Jamais il ne peut y avoir trop d'enfants, John. En fait, permets-moi de te faire une confidence, j'aurais aimé avoir plus d'enfants. Ne le prends pas mal, mais j'ai fait une erreur lamentable en me limitant à vous deux, Helen et toi – deux enfants, chiffre agréable, net, rationnel, censé montrer au monde que les parents ne sont pas égoïstes, qu'ils ne revendiquent pas plus que leur juste part de l'avenir. Il est maintenant trop tard, mais j'aurais aimé avoir plein d'enfants. J'adorerais revoir des enfants courir dans les rues (as-tu remarqué comme ce village est mort, sans enfants ?) – des enfants, des chatons, des chiots et d'autres petites créatures, beaucoup, beaucoup, beaucoup.

À la lisière de l'être – c'est comme ça que je vois les choses –, il y a toutes ces petites âmes, âmes de chats, âmes de souris, âmes d'oiseaux, âmes des enfants qui ne sont pas nés, toutes rassemblées, suppliant qu'on les laisse venir, suppliant d'être incarnées. Je veux les laisser venir, toutes, même si ce n'est que pour un jour ou deux, même si elles ne doivent avoir qu'un aperçu rapide du monde magnifique qui est le nôtre. Car qui suis-je pour leur dénier la chance de s'incarner ?

– Beau tableau, dit-il.

– Absolument, beau tableau. Continue. Que veux-tu ajouter ?

– C'est un beau tableau, mais qui va nourrir tout ce monde ?

– Dieu les nourrira.

– Il n'y a pas de dieu, mère. Tu le sais.

– Non, il n'y a pas de dieu. Mais au moins, dans le monde pour lequel je prie, chaque âme aura sa chance. Il n'y aura plus de créatures non nées attendant à la porte, pleurant pour entrer. Chaque âme aura son tour pour goûter à la vie, qui est sans comparaison la plus douce des douceurs. Au bout du compte, nous pourrons garder la tête haute, nous les maîtres de la vie et de la mort, nous les maîtres de l'univers. Nous n'aurons plus à barrer la porte, à dire : *Désolé, vous ne pouvez pas entrer, vous n'êtes pas désirés, vous êtes trop nombreux. Bienvenue,* pourrons-nous dire, *entrez, vous êtes désirés, vous êtes tous désirés.* »

Il n'est pas habitué à voir sa mère d'humeur enthousiaste. Il attend donc, lui donnant sa chance de revenir sur terre, de se tempérer. Mais non, cette humeur ne la quitte pas : le sourire aux lèvres, la lueur animée, le regard perdu au loin qui ne semble pas l'inclure, lui.

« Pour parler à titre personnel, dit-il finalement, je reconnais qu'il m'aurait été agréable d'avoir plus qu'une sœur. Une question me taraude cependant : si tu avais eu à élever une dizaine d'enfants au lieu de deux, où serions-nous aujourd'hui, Helen et moi ? Comment aurais-tu réglé les frais de scolarité élevés qui nous ont préparés à des métiers bien payés et à la vie confortable dont nous bénéficions ? Petit garçon, n'aurais-je pas été envoyé balayer le charbon le long des rails ou récolter les pommes de terre dans les champs ? Helen n'aurait-elle pas nettoyé des carrelages ? Et toi-même ? Avec tous ces enfants réclamant ton attention, où aurais-tu trouvé le temps pour développer tes grandes idées et devenir célèbre ? Non, mère : si on me donnait le choix entre naître dans une petite famille prospère et naître dans une grande famille pauvre, je choisirais la petite famille à tous les coups.

– Quelle drôle de façon de voir le monde... estime sa mère, songeuse. Tu te souviens de Pablo, que tu as vu la nuit dernière ? Pablo avait des tas de frères et sœurs, mais ils sont partis pour la grande ville, le laissant derrière eux. Quand Pablo s'est retrouvé dans le besoin, ce ne sont pas ses frères et sœurs qui sont venus à sa rescousse, mais une étrangère, une vieille femme avec des chats. Frères et sœurs ne s'aiment pas forcément, mon garçon – je ne suis pas assez naïve pour le croire.

Tu dis que, si tu avais à choisir entre professeur à l'université et ouvrier agricole, tu prendrais le professorat. Mais la vie n'est pas une série de choix. C'est pourquoi tu continues à te tromper. Pablo n'a pas commencé comme une âme désincarnée face au choix entre devenir roi d'Espagne ou idiot du village. Il est venu sur terre, et quand il a ouvert ses yeux d'homme, regardé autour de lui, il se trouvait, ô surprise, à San Juan Obispo, et tout en bas de l'échelle. La vie comme un ensemble de problèmes à résoudre, la vie comme un ensemble de choix à faire : quelle façon bizarre de voir les choses ! »

Essayer de discuter avec sa mère quand elle est de cette humeur-là est sans espoir, mais il a gardé une botte.

« Néanmoins, dit-il, néanmoins, tu as choisi d'intervenir dans la vie de ce village. Tu as choisi de protéger Pablo des services sociaux. Tu as choisi de jouer à la Bonne Samaritaine des chats du village. Tu aurais pu faire des choix différents. Tu aurais pu t'asseoir dans ton bureau, regarder par la fenêtre, écrire des scènes humoristiques sur la vie en Espagne rurale, les envoyer à des revues… »

Sa mère l'interrompt avec impatience :

« Je sais ce qu'est un choix, pas la peine de me l'expliquer. Je sais ce qu'on éprouve quand on choisit d'agir. Je sais encore mieux ce que signifie choisir de ne pas agir. J'aurais pu choisir d'écrire ces scènes stupides dont tu parles. J'aurais pu choisir de ne pas m'engager auprès des chats du village. Je sais exactement à quoi ressemble ce sentiment de délibération et de décision, et combien il pèse peu. Ce dont je parle n'est pas affaire de choix. Il s'agit d'un consentement. Il s'agit de s'abandonner. Il s'agit d'un Oui dépourvu de Non. Ou tu sais ce que je veux dire ou tu ne le sais pas. Je ne vais pas continuer à m'expliquer plus longtemps. » Elle se lève. « Bonne nuit. »

Pour sa deuxième nuit à San Juan, il se met au lit avec un bonnet de laine, un chandail, un pantalon et des chaussettes, et de ce fait dort mieux. Quand il entre dans la cuisine en quête d'un petit déjeuner, il se sent d'humeur presque cordiale ; en tout cas, il a faim.

La cuisine est bien éclairée, agréablement chauffée. Le poêle en fonte crépite. À côté du poêle, dans un rocking-chair, un plaid sur les genoux, des lunettes sur le nez, Pablo semble lire le journal.

« *¡Buenos dias!* lui lance-t-il.

– *¡Buenos dias, señor!* » répond Pablo.

Aucune trace de sa mère. Il en est surpris, car c'est une lève-tôt. Il se fait du café, se sert des céréales et du lait.

En y regardant de plus près, Pablo n'est pas en train de lire, il trie un tas de coupures de journaux. La plupart, soigneusement pliées, vont dans une caisse en aggloméré ouverte à ses pieds ; il en conserve quelques-unes sur les genoux.

Sachant ce que sa mère lui a dit de Pablo, il imagine que les coupures représentent des femmes peu vêtues. Mais, comme s'il sentait sa désapprobation, Pablo en tend une pour qu'il la voie.

« *El papa* », dit-il.

Il s'agit d'une photo de Jean Paul II sur son trône, ensoutané de blanc, penché en avant, levant deux doigts dans un geste de bénédiction.

« *Muy bien* », répond-il à Pablo, approuvant et souriant.

Pablo montre une autre image. Jean Paul II, encore. Il sourit de nouveau. Pablo est-il au courant que le pape polonais est mort, se demande-t-il, et qu'il y a désormais un Allemand sur le trône ? Combien de temps mettent les nouvelles pour parvenir jusqu'à ce village ?

Pablo ne lui rend pas son sourire, mais il ouvre les lèvres et découvre ses dents. Ses dents sont petites, si petites et nombreuses qu'elles lui rappellent un poisson ; elles semblent recouvertes d'une pellicule blanche, une pellicule trop épaisse et trop caoutchouteuse pour être de la salive. Voilà à quoi doivent ressembler les dents quand on ne les lave jamais ; soudain il est tellement dégoûté qu'il cesse de manger. Sa serviette devant la bouche, il se lève.

« *Scusi* », dit-il.

Et il quitte la pièce.

Scusi : pas le bon mot ; c'est de l'italien. Comment dit-on en espagnol qu'on est désolé mais qu'on ne supporte pas de regarder son interlocuteur en face ?

« Est-ce qu'il se lave ? demande-t-il à sa mère. J'ai noté qu'il ne se lavait pas les dents. Je ne comprends pas que tu puisses supporter de vivre à ses côtés. »

Sa mère rit avec bonne humeur.

« Oui. Et imagine à quoi ressembleraient des ébats avec lui... Il est vrai, les hommes sont indifférents à ce qu'ils dégagent. Pas comme les femmes. »

Ils sont assis tous deux dans le petit jardin du fond, baignant dans un soleil plutôt blafard.

« Si je comprends bien, dit-il, cet homme va hériter de ta maison espagnole ? Est-ce une mesure sage ? Comment peux-tu être certaine qu'il ne chassera pas les chats le jour où tu seras partie ?

– Comment être sûre de Pablo ? Comment être sûre de quiconque ? Je pourrais fonder un trust, qui verserait à Pablo un traitement mensuel, et louer les services d'un agent pour faire des visites inopinées afin de vérifier qu'il fait bien son boulot. Mais cela ressemblerait trop au château de Kafka – tu ne crois pas ? Non, les chats devront tenter leur chance avec Pablo. Si Pablo se révèle un mauvais numéro, ils n'auront qu'à repartir à la chasse pour concilier leur corps et leur âme. D'abord les années légendaires sous la bonne reine Elizabeth, puis les années noires sous le méchant roi Pablo : si on prend les choses avec philosophie, comme la plupart des animaux, on hausse les épaules et on se dit que c'est ainsi que va le monde, et on poursuit sa tâche de vivant.

– Cependant, mère, soyons sérieux un instant : si tu veux laisser ce village dans un meilleur état que celui où tu l'as trouvé, un trust ne serait-il pas une bonne option ? Pas un trust pour maintenir Pablo dans le droit chemin, mais un trust qui prendrait soin des animaux sans logis. Tu pourrais te l'offrir.

– *Prendre soin*... Sois prudent, John. Dans certains milieux, *prendre soin de* signifie *disposer de*, signifie *laisser tomber*, signifie *donner une mort douce*.

– Prendre soin sans euphémisme – voilà ce que je veux dire. Leur offrir un sanctuaire, de la nourriture, des soins s'ils sont vieux ou malades.

– Je vais y songer. Je dois dire cependant que ma préférence va à une solution plus simple : donner ma bénédiction à Pablo et lui rappeler qu'il doit nourrir les chats. Parce que cet arrangement vaut aussi pour lui, si débectant qu'il te paraisse. Il s'agit de lui montrer qu'on lui fait confiance, lui à qui la confiance n'a jamais été accordée. Je pourrais écrire un mot au pape, lui demandant de veiller sur son serviteur Pablo. Cela marchera peut-être. Pablo a une grande dévotion pour le pape, comme tu as dû remarquer.»

C'est samedi, le moment de partir, de rouler jusqu'à Madrid pour prendre son vol de retour vers les États-Unis.

«Au revoir, mère. Je suis heureux d'avoir eu la chance de te voir dans ton refuge de montagne.

– Au revoir, mon garçon. Toute mon affection aux enfants et à Norma. J'espère que tu as trouvé ce long trek utile. Mais, chut!», elle lève l'index devant ses lèvres, pas trop près, ce n'est pas son genre, «ne dis rien, tu fais seulement ton devoir, je le sais. Il n'y a rien de mal à faire son devoir. C'est le devoir qui fait marcher le monde, pas l'amour. L'amour c'est agréable, je sais, un joli bonus. Mais pas fiable, malheureusement. Il ne se transmet pas toujours.

Va dire au revoir aussi à Pablo. Il aime se sentir inclus. Dis-lui : *Vaya con Dios*. C'est la façon surannée de dire. »

Il se dirige vers la cuisine. Pablo est à sa place habituelle, dans le rocking-chair près du poêle. Il tend la main.

« *Adios, Pablo. Vaya con Dios.* »

Pablo se lève, l'étreint, lui colle une bise sur chaque joue. Il entend le bruit de la salive quand Pablo détache ses lèvres, respire la douce fétidité de son haleine.

« *Vaya con Dios, señor* », dit Pablo.

(2008-2013)

Mensonges

Chère Norma,

Je t'écris de San Juan, du seul hôtel du coin. J'ai rendu visite à ma mère cet après-midi – une demi-heure en voiture par une route tortueuse. Elle va aussi mal que je le craignais, pire même. Elle ne peut plus marcher sans sa canne, très lentement de surcroît. Depuis son retour de l'hôpital, elle n'est plus capable de monter l'escalier. Elle dort sur le sofa du living-room. Elle a voulu qu'on descende son lit au rez-de-chaussée, mais les ouvriers ont dit qu'il avait été assemblé *in situ* et qu'on ne pouvait pas le bouger sans le démanteler. (Pénélope n'avait-elle pas un lit de ce genre ? La Pénélope d'Homère.)

Ses livres et ses papiers sont tous à l'étage – pas de place en bas. Elle s'énerve, dit qu'elle veut se remettre à son bureau, mais n'y arrive pas.

Un nommé Pablo s'occupe du jardin. J'ai demandé qui faisait les courses. Elle dit qu'elle se contente de pain, de fromage et des produits du jardin, rien de plus. Mais, ai-je suggéré, ne pourrait-elle pas faire appel à une des dames du village pour cuisiner et nettoyer ? Elle ne veut pas en entendre parler – elle n'a pas de relation avec le village, prétend-elle. Et Pablo, alors ? ai-je dit. Il fait bien partie du village ? « Pablo est sous ma responsabilité, affirme-t-elle. Pablo n'appartient pas au village. »

Pablo dort dans la cuisine, m'a-t-il semblé. Il n'est jamais vraiment ici, ni ailleurs, quel que soit l'euphémisme. Je veux dire, c'est un idiot, un simplet.

Je n'ai pas abordé la question principale – je le voulais, mais n'en ai pas eu le courage.

Je le ferai quand je la verrai demain. Je ne peux pas dire que je sois optimiste. Elle a été froide à mon égard. Elle devine bien, je m'en doute, la raison de ma venue.

Dors bien. Embrasse les enfants pour moi.

John

« Mère, pouvons-nous parler de tes conditions de vie ? Pouvons-nous parler d'avenir ? »

Sa mère, assise dans son robuste fauteuil, fabriqué sans doute par le même charpentier qui a construit le lit inamovible, garde le silence.

« Tu dois savoir qu'Helen et moi nous nous inquiétons pour toi. Tu as fait une mauvaise chute, et tu risques la suivante sous peu. Tu ne rajeunis pas, tu vis seule dans une maison avec un escalier raide, dans un village où tu n'es pas en bons termes avec tes voisins – franchement, cela ne ressemble plus à une existence viable, plus maintenant.

– Je ne vis pas toute seule, dit sa mère. Pablo est à mes côtés. Je peux compter sur Pablo.

– Je suis d'accord, Pablo vit avec toi. Mais peux-tu compter sur Pablo en cas d'urgence? Pablo t'a-t-il été d'un quelconque secours la dernière fois? Si tu n'avais pas réussi à appeler l'hôpital, où serais-tu aujourd'hui? »

À peine les mots sont-ils sortis de sa bouche, il a su qu'il avait commis une erreur.

« Où serais-je? réplique sa mère. Il me semble que tu connais la réponse, alors pourquoi me poser la question? Sous terre, rongée par les vers, je présume. C'est ce que je suis censée répondre?

– Mère, s'il te plaît, sois raisonnable. Helen et moi avons fait des recherches et nous avons repéré deux endroits non loin de chez elle, où tu serais bien traitée et où nous pensons, elle et moi, que tu te sentirais chez toi. Tu me permets d'en parler?

– Deux endroits. Par *endroits*, tu veux dire *institutions*? Des institutions où je me sentirais chez moi?

– Mère, tu peux les appeler comme tu veux, tu peux ricaner au nez d'Helen, au mien, mais cela ne change rien aux faits – les faits de la vie. Tu as déjà connu un sérieux accident, dont tu subis les conséquences. La situation ne va pas aller en s'améliorant. Au contraire, il est plus que vraisemblable qu'elle va empirer. As-tu songé à ce que sera ta vie, alitée dans un village paumé, avec seulement Pablo pour s'occuper de toi ? As-tu pensé à ce que cela représente pour Helen et moi, qui savons que tu as besoin d'attentions mais sommes dans l'incapacité de te les prodiguer ? On ne peut pas faire des milliers de kilomètres de vol chaque week-end, n'est-ce pas ?

– Je ne te le demande pas.

– Tu ne nous le demandes pas, mais c'est bien ce qu'il nous faudra faire, c'est ce qui se passe quand on aime sa mère. Alors, s'il te plaît, fais-moi cette faveur, écoute calmement la solution que je te propose. Demain, après-demain ou le jour suivant, toi et moi nous quitterons cet endroit en voiture pour aller à Nice, chez Helen. Avant de partir, je vais t'aider à emballer tout ce qui est important pour toi, tout ce à quoi tu tiens. Nous allons mettre tout cela dans des caisses, prêtes à être acheminées dès que tu te seras fixée.

De Nice, Helen et moi t'emmènerons voir les deux établissements que j'ai mentionnés, l'un à Antibes, l'autre juste à l'extérieur de Grasse. Tu pourras jeter un coup d'œil et voir comment tu t'y sens. Nous ne te mettrons pas la pression, d'aucune façon. Si tu n'aimes ni l'un ni l'autre, tu pourras rester chez Helen pendant que nous chercherons ailleurs, on a tout le temps.

Nous voulons simplement que tu sois heureuse, heureuse et en sécurité, c'est notre seul objectif. Nous voulons être certains que si un incident quelconque survenait tu aurais quelqu'un sous la main et tu serais prise en charge.

Je sais que tu n'aimes pas les institutions, mère. Moi non plus. Helen non plus. Mais il arrive un moment dans la vie où il faut trouver un compromis entre ce que nous voulons dans l'idéal et ce qui est bon pour nous, entre l'indépendance d'un côté et la sécurité de l'autre. Ici, en Espagne, dans ce village, dans cette maison, tu n'as aucune sécurité. Je sais que tu n'es pas d'accord, mais c'est la dure réalité. Tu pourrais tomber malade sans que personne le sache. Tu pourrais faire une autre chute, rester clouée au sol, inconsciente ou avec des membres brisés. Tu pourrais mourir. »

Sa mère donne une chiquenaude, comme pour écarter cette possibilité.

« Les endroits qu'Helen et moi te proposons ne ressemblent pas aux institutions de jadis. Ils sont bien conçus, bien dirigés, bien gérés. Ils sont chers, car, dans l'intérêt de leur clientèle, ils ne rognent pas sur les dépenses. On paie, et en retour on reçoit un traitement de première classe. Si ces dépenses devenaient problématiques, Helen et moi serions heureux d'y contribuer. Tu auras un petit appartement à toi ; à Grasse, un petit jardin privatif en plus. Tu peux prendre tes repas soit au restaurant, soit dans ton appartement. Les deux endroits disposent d'une salle de gym et d'une piscine ; ils ont une équipe médicale à demeure, disponible à toute heure, et des physiothérapeutes. Ce n'est peut-être pas le paradis pour une personne dans ta situation, mais c'est ce qu'il y a de plus proche.

– Ma situation, dit sa mère. Et quelle est exactement ma situation, d'après toi ? »

Il lève les bras en signe d'exaspération.

« Tu veux que je te le dise ? Tu veux vraiment que je prononce les mots ?

– Oui. Pour une fois, juste comme un exercice, dis-moi la vérité.

– La vérité, c'est que tu es une vieille dame qui a besoin de soins. Qu'un homme comme Pablo ne saurait fournir. »

Sa mère secoue la tête.

« Pas cette vérité-là. Dis-moi l'autre vérité, la vérité vraie.

– La vérité vraie ?

– Oui, la vérité vraie. »

Chère Norma,

« La vérité vraie » : c'est ce qu'elle exigeait, implorait peut-être.

Elle connaît très bien la vérité vraie, moi aussi, il n'aurait pas été difficile d'en prononcer les mots. J'étais suffisamment en colère pour le faire – furieux d'avoir fait tout ce chemin pour accomplir un devoir qui ne nous vaut pas le moindre remerciement, ni à toi, ni à Helen, ni à moi, pas dans ce monde du moins.

Mais je n'y suis pas arrivé. Je n'ai pas pu lui dire en face ce que je n'ai aucun mal à t'écrire maintenant : «*La vérité vraie, c'est que tu es en train de mourir. La vérité vraie, c'est que tu as un pied dans la tombe. La vérité vraie, c'est que tu es déjà sans défense, que demain tu seras encore plus démunie, et ainsi de suite, jusqu'au jour où il n'y aura plus d'aide du tout. La vérité vraie, c'est que tu n'es plus en mesure de négocier. La vérité vraie, c'est que tu ne peux plus dire Non. Tu ne peux pas dire Non au tic-tac de la pendule. Tu ne peux pas dire Non à la mort. Quand la mort dit Viens, il te faut courber la tête et partir. Alors accepte. Apprends à dire Oui. Quand je dis Laisse derrière toi cette maison que tu t'es aménagée en Espagne, laisse tes objets familiers, viens vivre dans une institution, une infirmière de Guadeloupe te réveillera le matin avec un verre de jus d'orange et une joyeuse salutation (Quelle belle journée, madame Costello !), ne fronce pas les sourcils, ne te braque pas. Dis Oui. Dis Je suis d'accord. Dis Je suis entre vos mains. Fais au mieux.* »

Chère Norma, le jour viendra où toi et moi aurons à entendre la vérité, la vérité vraie. Pourrions-nous donc signer un pacte ? Pouvons-nous nous promettre de ne pas nous mentir, et que, si difficile que ce soit de prononcer les mots, nous les prononcerons – les mots : *Cela ne va pas s'améliorer, cela va empirer, et cela empirera jusqu'à ce cela ne puisse plus empirer, jusqu'au pire du pire* ?

Ton mari qui t'aime,

John

(2011)

L'abattoir de verre

1

Il est réveillé au petit matin par le téléphone. C'est sa mère. Il s'est habitué à ses appels nocturnes : comme elle pratique des horaires farfelus, elle pense que le reste du monde en fait autant.

« À ton avis, John, cela coûterait combien de construire un abattoir ? Pas grand, juste un petit modèle, histoire de montrer.

– Histoire de montrer quoi ?

– Histoire de montrer ce qui se passe dans un abattoir. Un carnage. Il m'est venu à l'esprit que les gens toléraient le massacre d'animaux parce qu'ils n'avaient jamais l'occasion d'en voir un. Ni d'en voir, ni d'en entendre, ni d'en sentir un. Il m'est venu à l'esprit que s'il y avait un abattoir au milieu de la ville, où chacun pourrait voir, entendre, sentir ce qui se passe à l'intérieur, les gens pourraient changer de pratique. Un abattoir de verre. Un abattoir avec des murs en verre. Qu'en penses-tu ?

– Tu parles d'un véritable abattoir, avec l'abattage de vrais animaux, mis à mort pour de bon ?

– Pour de bon, sur tous les points. Histoire de montrer.

– Je pense qu'il n'y a pas la moindre chance que tu obtiennes la permission de construire un tel truc. Pas la moindre. Mis à part le fait que les gens ne tiennent pas à ce qu'on leur rappelle la façon dont la nourriture parvient dans leur assiette, il y a la question du sang. Quand on tranche la gorge d'un animal, le sang gicle. Le sang, c'est gluant et salissant. Aucun édile ne tolérera des rivières de sang dans sa ville.

– Il n'y aura pas de rivière de sang. Ce serait juste un abattoir de démonstration. Quelques tueries par jour. Un bœuf, un cochon, une demi-douzaine de poulets. On pourrait faire affaire avec un restaurant du voisinage. Viande fraîchement abattue.

– Laisse tomber cette idée, mère. Tu n'arriveras à rien. »

Trois jours plus tard, un paquet lui parvient par la poste. Il contient un tas de papiers : des pages arrachées dans la presse, des photocopies, un journal de la main de sa mère, intitulé « Journal 1990-1995 », des documents agrafés. Avec une petite note : « Quand tu auras le temps, jette un coup d'œil sur ce fatras et dis-moi si tu penses qu'on peut en tirer quelque chose. »

Un de ces documents s'intitule « L'abattoir de verre ». Il commence par une citation :

« *Dans les temps médiévaux et au début des temps modernes, les autorités municipales ont essayé de prévenir l'abattage des animaux dans les lieux publics. Elles le considéraient comme une nuisance choquante et ont tenté de le pousser en dehors des murs de la ville.* – Keith Thomas »

Les mots *nuisance choquante* sont soulignés à l'encre.

Il parcourt les documents. Ils contiennent un projet d'abattoir plus élaboré que ce qu'a décrit sa mère au téléphone, avec un plan de sa configuration. Épinglées au plan, des photos de bâtiments avec des crochets, probablement un abattoir en fonction. Au milieu on aperçoit un camion utilisé pour le transport du bétail, vide et sans chauffeur.

Il appelle sa mère. Il est seize heures chez lui, vingt et une heures là-bas, une heure civilisée pour tous les deux.

«Les papiers que tu as envoyés sont arrivés. Peux-tu me dire ce que je suis censé en faire?

– J'étais en pleine crise de panique quand je te les ai postés. Ça m'est venu soudain: si je meurs demain, une femme de ménage ignorante pourrait débarrasser toutes les affaires de mon bureau et les brûler. Alors j'ai empaqueté les papiers et je te les ai envoyés. Tu peux les ignorer. La crise de panique est passée. C'est parfaitement normal d'avoir des crises de terreur quand on vieillit.

– Il n'y a donc rien de grave, mère, rien que je devrais savoir ? Rien qu'une crise de terreur qui est passée ?

– Rien d'autre. »

2

Le soir même, il se saisit du journal de sa mère et le feuillette. Cela commence par plusieurs pages de prose sous le titre « Djibouti 1990 ». Il s'installe pour lire.

« Je suis à Djibouti, dans la Corne de l'Afrique. Visitant le marché, j'observe un jeune homme, très grand, comme la plupart des gens de cette région du monde, torse nu, qui porte dans ses bras une jeune chèvre fringante. La chèvre, d'une blancheur immaculée, se laisse porter calmement, regardant autour d'elle, appréciant la promenade.

Derrière les étals du marché se trouve un endroit où la terre et les pierres sont tachées de rouge sombre, presque noir. Du sang. Rien n'y pousse, pas la moindre verdure, pas le moindre brin d'herbe. C'est le lieu d'abattage, où sont tués les chèvres, les moutons et la volaille. C'est à l'abattage que l'homme mène sa chèvre.

Je ne les suis pas. Je sais ce qui se passe là-bas : je l'ai déjà vu et ne tiens pas à le revoir. Le jeune homme fera un geste à l'un des abatteurs, qui lui prendra la chèvre des mains, la plaquera au sol, serrant fermement ses quatre pattes. Le jeune homme sortira son couteau du fourreau qui cogne contre sa cuisse et, sans ambages, tranchera la gorge de la chèvre, puis il regardera le corps se convulser et le sang de la vie couler à flot.

Quand la chèvre se sera enfin immobilisée, il la décapitera, lui ouvrira l'abdomen et mettra ses entrailles dans une cuvette en étain tenue par le boucher, lui passera un fil de fer dans les jarrets, la suspendra à un poteau *ad hoc* et la dépècera. Puis il la fendra en deux sur la longueur.

Il portera au marché les deux parts, plus la tête aux yeux ouverts mais vitreux. Les bons jours, ces restes physiques se vendront neuf cents francs de Djibouti, soit cinq dollars américains.

Transporté au domicile d'un chaland, le corps sera découpé en petits morceaux et grillé sur du charbon de bois, tandis que la tête sera mise à bouillir dans un chaudron. Tout ce qui n'est pas comestible, principalement les os, sera jeté aux chiens. Et ce sera la fin. De la chèvre dans la fleur de l'âge, il ne restera aucune trace. Comme si elle n'avait jamais existé. Personne ne s'en souviendra, sauf moi – une étrangère qui l'aperçut par hasard, et qui fut regardée par l'animal en route vers la mort.

Cette étrangère qui ne l'a pas oubliée s'adresse à présent à son ombre avec deux questions. D'abord : *À quoi pensais-tu en partant au marché ce matin-là dans les bras de ton maître ? Ne savais-tu vraiment pas où il te menait ? Ne sentais-tu pas l'odeur du sang ?*

Deuxième question : *Que se passait-il, selon toi, dans la tête du jeune homme pendant qu'il t'emmenait au marché – toi qu'il connaissait depuis le jour de ta naissance, toi, membre d'un troupeau qu'il menait brouter chaque matin et ramenait tous les soirs à la maison ? T'a-t-il soufflé un mot d'excuse pour ce qu'il s'apprêtait à te faire ?*

Pourquoi posé-je ces questions ? Parce que je veux comprendre ce que toi, tes frères et sœurs pensez de l'accord que vos ancêtres ont passé, il y a bien longtemps, avec l'humanité. Selon les termes de cet accord, l'humanité s'est engagée à vous protéger contre vos ennemis naturels, le lion et le chacal. En retour, vos ancêtres se sont engagés, le temps venu, à offrir leurs corps à leurs protecteurs pour être dévorés ; et à ce que, en outre, leur progéniture fasse de même jusqu'à la centième, jusqu'à la millième génération.

Cela me frappe : c'est un mauvais accord, au grand détriment de ta tribu. Si j'étais une chèvre, je préférerais tenter ma chance face au lion et au chacal. Mais je ne suis pas une chèvre et je ne sais pas comment fonctionne le cerveau d'une chèvre. Les chèvres pensent peut-être : Le sort qui échut à mes parents et à mes grands-parents peut ne pas s'imposer à moi. Peut-être les chèvres vivent-elles d'espoir.

Ou peut-être l'esprit d'une chèvre ne fonctionne-t-il pas du tout. Il nous faut considérer cela avec sérieux, comme le font certains philosophes – des philosophes humains. La chèvre ne pense pas, à proprement parler, estiment des philosophes. Quelle que soit l'activité mentale d'une chèvre, si nous y avions accès, elle nous serait indéchiffrable, étrangère, incompréhensible. L'espoir, la prévision, le pressentiment, ces formes d'activité mentale sont inconnues de la chèvre. Si la chèvre donne des coups de patte et se débat sur la fin, quand on sort le couteau, ce n'est pas parce qu'elle a compris que sa vie était sur le point de s'achever. C'est une simple aversion, une réaction face à l'odeur envahissante du sang, face à l'étranger qui lui attrape les pattes et la maintient à terre.

Évidemment, il est difficile, quand on n'est pas philosophe, de croire qu'une chèvre, une créature qui nous ressemble par bien des aspects, puisse traverser la vie d'un bout à l'autre sans penser. Par voie de conséquence, quand on en vient à la question des abattoirs dans l'Occident des Lumières, nous faisons de notre mieux pour ne pas inquiéter la chèvre, le mouton, le cochon, le bœuf, jusqu'à leur arrivée dans l'aire d'abattage, où la vue de l'étranger constellé de sang et de son couteau rend l'angoisse inévitable. Idéalement, nous souhaitons que la bête soit assommée – son esprit frappé d'incapacité – afin qu'elle ne comprenne à aucun moment ce qui se passe. Afin qu'elle ne réalise pas que son heure est venue de payer, de remplir sa part de l'accord immémorial. Afin que ses derniers instants sur terre soient libres de doute, de confusion, de terreur. Afin qu'elle meure "sans souffrance", comme nous disons.

Les mâles, dans nos troupeaux d'animaux, sont souvent châtrés. Une castration sans anesthésie est nettement plus douloureuse qu'une gorge tranchée, la douleur perdure beaucoup plus longtemps, cependant personne n'a composé de chanson ni de danse sur la castration.

Que trouvons-nous d'inacceptable dans la mort douloureuse ? Plus précisément, si nous sommes préparés à infliger la mort à autrui, pourquoi souhaitons-nous lui épargner la douleur ? En plus de la mort elle-même, qu'y a-t-il d'inacceptable à nos yeux quand il s'agit d'infliger une mort douloureuse ?

En anglais, il existe le mot *squeamish* (délicat), que mon dictionnaire espagnol traduit par *impresionable*. En anglais, *squeamish* forme un duo contrasté avec *soft-hearted* (compatissant). Une personne qui n'aime pas voir écraser un scarabée peut être considérée comme délicate ou comme compatissante, selon que l'on admire sa sympathie ou non pour le scarabée. Quand les employés des abattoirs parlent des partisans du bien-être animal, ces gens qui pensent que les derniers moments d'un animal sur terre devraient être exempts de douleur et de terreur, ils les traitent de compatissants, pas de délicats. Ils se montrent généralement méprisants à leur égard. *La mort, c'est la mort*, disent les employés des abattoirs.

Aimeriez-vous que vos derniers instants sur terre soient pleins de douleur et de terreur? demandent les défenseurs des droits des animaux aux employés des abattoirs. *Nous ne sommes pas des animaux,* rétorquent les employés des abattoirs. *Nous sommes des humains. Ce n'est pas la même chose pour nous que pour eux.* »

3

Il pose le journal et jette un coup d'œil sur le reste des documents, pour l'essentiel apparemment des critiques de livres ou des essais sur différents écrivains. Le plus court est intitulé « Heidegger ». Il n'a jamais lu Heidegger, mais il a entendu dire qu'il était difficile, impénétrable. Qu'a donc à raconter sa mère au sujet de Heidegger ?

« À propos des animaux, Heidegger observe que leur appréhension du monde est limitée ou dépouillée : le mot allemand qu'il emploie est *arm*, pauvre. Leur appréhension du monde est non seulement pauvre, elle est absolument pauvre. Même si son affirmation concerne tous les animaux, il y a des raisons de croire qu'en formulant ces observations il pensait surtout à des créatures comme les tiques ou les puces.

Par *pauvre*, il semble indiquer que l'expérience du monde d'un animal est limitée par rapport à la nôtre, parce que l'animal n'est pas capable d'agir de façon autonome, il ne peut répondre qu'à des stimuli. Les sens des tiques sont en alerte, mais seulement face à certains stimuli, par exemple l'odeur qui flotte dans l'air ou la vibration dans le sol qui trahit l'approche d'une créature à sang chaud. Pour le reste, la tique est sourde et aveugle. C'est pourquoi, dans la langue de Heidegger, la tique est *weltarm*, pauvre en monde.

Et moi ? Je peux me couler dans l'esprit d'un chien, du moins je le crois ; mais puis-je me couler dans celui d'une tique ? Puis-je partager l'intensité de sa sensibilité à entendre ou sentir l'approche de son désir ? Ai-je envie de suivre Heidegger pour mesurer la palpitation, l'intensité univoque de la conscience d'une tique par rapport à la conscience humaine et dispersée qui est la mienne, et qui papillonne constamment d'un objet à un autre? Laquelle est la meilleure? Laquelle dois-je préférer? Qu'aurait préféré Heidegger lui-même?

Heidegger a eu une liaison connue et célèbre avec Hannah Arendt alors qu'elle était l'une de ses étudiantes. Dans les lettres qu'il lui a adressées, celles qui ont été conservées, il ne dit mot de leur intimité. Je demande cependant: que cherchait Heidegger à travers Hannah, ou à travers toute autre maîtresse, si ce n'est ce moment où la conscience se concentre en une palpitation, une intensité univoque avant qu'elle ne s'éteigne?

J'essaie d'être juste avec Heidegger. J'essaie d'apprendre. J'essaie de saisir ses mots allemands compliqués, sa difficile pensée allemande.

Heidegger dit que pour l'animal (une tique, par exemple) le monde consiste d'une part en certains stimuli (odeurs, sons) et d'autre part en tout ce qui n'est pas stimulus et qui, de ce fait, pourrait ne pas exister. Pour cette raison, nous pouvons penser que l'animal (la tique) est asservie – asservie non aux odeurs et aux sons eux-mêmes, mais à un appétit de sang, signalé par la proximité d'odeurs et de sons.

Un asservissement total à l'appétit n'est clairement pas vrai pour les animaux supérieurs, qui montrent pour le monde environnant une curiosité qui va bien au-delà de l'objet de leur appétit. Mais je veux éviter les qualificatifs *supérieur* ou *inférieur*. Je veux comprendre ce monsieur Heidegger, sur lequel, telle une araignée, je tisse la toile de ma propre curiosité.

Parce qu'il est asservi par son appétit, dit Heidegger, l'animal ne peut agir, à proprement parler, ni dans le monde ni sur le monde : il ne peut que *se comporter*, et se comporter, en outre, que dans le monde délimité par l'ampleur et l'amplitude de ses sens. L'animal ne peut pas appréhender l'autre en lui-même ; l'autre ne peut jamais se révéler tel qu'il est à l'animal.

Chaque fois que je braque mon esprit sur Heidegger afin de saisir sa pensée, pourquoi le vois-je au lit avec son étudiante passionnée, tous deux nus sous un vaste édredon allemand un mardi après-midi pluvieux dans le Wurtemberg ? Le coït est achevé ; ils reposent côte à côte, elle l'écoutant parler et reparler des animaux pour lesquels le monde est un stimulus, une tension dans le sol ou une bouffée de sueur, sinon rien que du vide, de l'inexistant. Il parle, elle l'écoute, essayant de le comprendre, pleine de bonne volonté face à son professeur d'amant. "Il n'y a que pour nous, dit-il, que le monde se révèle à lui-même." Elle se tourne vers lui, le touche, et tout à coup le voilà de nouveau plein de sève ; il n'en a jamais assez, son appétit pour elle est inextinguible. »

C'est tout. C'est la fin abrupte des trois pages de sa mère à propos de Heidegger. Il part en chasse dans les papiers, mais il n'y a pas de quatrième page.

Sur une impulsion, il lui téléphone.

« J'ai lu ton texte sur Heidegger. Je l'ai trouvé intéressant, mais de quoi s'agit-il ? D'un roman ? Du début d'un travail abandonné ? Que dois-je en faire ?

– Tu peux considérer que c'est un travail abandonné, je suppose, répond sa mère. Commencé avec sérieux, puis qui a bifurqué. C'est le problème avec la plupart des choses que j'écris ces temps-ci. Cela part dans une direction et aboutit dans une autre.

– Mère, je ne suis pas écrivain, tu le sais très bien, pas plus que spécialiste de Heidegger. Si tu m'as envoyé cette histoire sur Heidegger dans l'espoir que je te dirais ce qu'il faut en faire, j'en suis désolé, je ne peux pas t'aider.

– Mais ne crois-tu pas qu'il y a une idée à creuser là-dedans ? L'homme qui pense que l'expérience du monde d'une tique est appauvrissante, pire encore qu'appauvrie, qui pense que la conscience du monde se réduit pour la tique à renifler sans cesse en attendant qu'une source de sang se pointe, mais qui cependant désire ardemment ces moments d'extase, quand sa conscience du monde se réduit à néant et qu'il se perd dans de stupides transports sensuels ?... Tu ne vois pas l'ironie ?

– Si, mère, je la vois. Mais le point que tu soulèves n'est-il pas simplement banal? Laisse-moi te le détailler. Contrairement aux insectes, nous, les humains, avons une nature binaire. Nous avons des appétits d'animaux, mais nous avons aussi la raison. Nous aimerions vivre une vie selon la raison – Heidegger aurait aimé une vie selon la raison –, mais parfois nous ne le pouvons pas, parce que parfois nous sommes rattrapés par nos appétits. Nous sommes rattrapés, nous cédons, nous capitulons. Une fois nos appétits satisfaits, nous revenons à une vie raisonnable. Que peut-on en dire de plus?

– Cela dépend, mon garçon, cela dépend. Pouvons-nous parler comme des adultes, toi et moi? Pouvons-nous parler comme si nous savions tous deux ce que signifie vivre selon les sens?

– Vas-y.

– Pense à l'instant en question, quand on est seul avec l'être aimé, très désiré. Pense à ce moment d'accomplissement. Où se trouve alors ce que tu appelles la raison? Elle est totalement effacée. Sommes-nous distincts à cet instant de la tique gorgée de sang ? Ou, derrière tout cela, est-ce qu'elle luit, l'étincelle de la raison, inextinguible, attendant son heure, attendant de flamber, attendant l'instant où l'on se sépare du corps de l'être aimé pour reprendre sa propre vie ? Dans cette dernière hypothèse, qu'a-t-elle fait, cette étincelle de raison, pendant que le corps gambadait au loin ? Attendait-elle avec impatience de s'imposer de nouveau ; ou, au contraire, était-elle prise de mélancolie, désireuse d'expirer, de mourir, mais ne sachant comment ? Parlons entre adultes : n'est-ce pas elle qui inhibe nos ébats, cette petite lueur vacillante de raison, de rationalité ? Nous voudrions nous dissoudre dans notre animalité, mais n'y parvenons pas.

– Et donc ?

– Et donc je pense à ce monsieur Heidegger qui se veut fier d'être un homme, *ein Mensch*, qui nous raconte comment il crée un monde autour de lui, *weltbildend*, et nous dit que nous pourrions être comme lui *weltbildend*, mais qui, en fait, n'est pas absolument certain d'avoir envie d'être *ein*

Mensch. Il y a des moments où il se demande si, dans une perspective plus vaste, ce ne serait pas mieux d'être un chien ou une puce, pour s'abandonner au torrent de l'existence.

– Le torrent de l'existence. Je suis largué. Qu'est-ce que c'est ? Explique-moi.

– Le torrent. La crue. Heidegger soupçonne qu'être en vie s'apparente à un torrent, mais il résiste. À la place, il appelle cela une expérience appauvrie de l'existence. Il la dit appauvrie parce qu'elle est invariable. Quelle blague ! Assis à son bureau, il écrit, il écrit. *Das Tier benimmt sich in einer Umgebung, aber nie in einer Welt* : l'animal agit (ou se comporte) au sein d'un environnement, mais jamais dans un monde. Il lève le stylo. On frappe à la porte. C'est le battement qu'il attendait, tous ses sens en alerte, pendant qu'il écrivait. Hannah ! La bien-aimée ! Il jette son stylo. Elle est venue ! Son désir renaît !

– Et alors ?

– C'est tout. Je n'ai pas été capable de continuer. Tout ce que je t'ai envoyé est du même tabac.

Je n'arrive pas à passer à l'étape suivante. Il me manque quelque chose. J'étais habituée à franchir les étapes, mais il semble que je ne la porte plus en moi, cette faculté. Les rouages se grippent, les lumières s'éteignent. Le mécanisme auquel je me fiais pour passer à l'étape suivante ne semble plus fonctionner. Ne t'inquiète pas. C'est la nature – la façon qu'a la nature de me dire qu'il est temps de rentrer chez moi.

Voilà une autre expérience sur laquelle Martin Heidegger ne s'est pas penché : l'expérience d'être mort, de n'être plus présent dans le monde. C'est une expérience à part entière. Je pourrais lui en parler, s'il était ici – ou, du moins, de ses premières manifestations. »

4

Le lendemain, il feuillette de nouveau le journal de sa mère, et s'arrête sur la dernière partie, datée du 1er juillet 1995.

«Je me suis rendue hier à la conférence d'un nommé Gary Steiner. Il parlait de Descartes et de son influence persistante sur notre façon de considérer les animaux, même pour les plus éclairés d'entre nous. (Descartes, on s'en souvient, dit que les humains ont une âme rationnelle, ce qui n'est pas le cas des animaux. Il en ressort que les animaux, capables de ressentir la douleur, sont incapables de souffrance. Selon Descartes, la douleur est une sensation physique qui déclenche une réponse automatique, un cri, un hurlement; la souffrance est une affaire différente, à placer sur un plan supérieur, le plan humain.)

J'ai trouvé la conférence intéressante. Mais le professeur Steiner est entré dans le détail des expériences anatomiques de Descartes et je n'ai plus pu le supporter. Il a décrit une de ses expériences sur un lapin vivant, qui, j'imagine, était sanglé ou attaché sur une planche pour ne pas bouger. Descartes ouvrit la poitrine du lapin au scalpel, découpa les côtes une par une et les enleva pour dégager le cœur palpitant. Il fit alors une petite incision dans le cœur lui-même. Le temps d'une seconde ou deux, avant que le cœur cesse de battre, il fut capable d'observer le système de valves qui permet la pulsation du sang.

J'écoutais le professeur Steiner, puis j'ai cessé d'écouter. Mon esprit s'est enfui. Je voulais toutes affaires cessantes me mettre à genoux, mais nous étions dans une salle avec des sièges très rapprochés, il n'y avait pas d'espace pour s'agenouiller. "Excusez-moi… excusez-moi", ai-je dit à mes voisins en me frayant un chemin pour quitter l'auditorium. La buvette était vide, j'ai eu enfin la possibilité de m'agenouiller et de demander pardon, en mon nom, au nom de monsieur Steiner, au nom de René Descartes, au nom de toutes nos bandes de meurtriers. Une chanson me martelait les oreilles, une ancienne prophétie :

Chien affamé à la porte de son maître
Augure que l'État court à sa perte.
Harassée sur la route une bête de somme
Prie pour que pleuve le sang des hommes.

L'effroi du lièvre livré aux haros
Est un cri lacérant les fibres du cerveau.
[...]
Quiconque porte atteinte au petit serin
Jamais ne sera aimé de son prochain.
[...]
Le papillon ni la phalène tu ne tueras,
Car le Jugement dernier approche à grands pas.

Le Jugement dernier! Quelle miséricorde nous accordera le lapin de Descartes, martyr de la science voici trois cent soixante-dix-huit ans cette année, et depuis ce jour entre les mains de Dieu avec sa poitrine déchiquetée? Quelle indulgence méritons-nous ? »

Lui, John, le fils de cette femme qui est tombée à genoux en juillet 1995 pour demander pardon avant d'écrire ces lignes, sort son stylo. Au bas de la page, il note : « Un fait sur les lapins, établi par la science : quand les mâchoires du renard se referment sur le cou du lapin, ce dernier tombe en état de choc. La nature a combiné les choses ainsi, ou Dieu, si on préfère parler de Dieu, a agencé les choses ainsi : le renard peut ouvrir le ventre du lapin et dévorer ses entrailles sans que le lapin sente quoi que ce soit. Rien du tout. Pas de douleur, pas de souffrance. » Il souligne les mots *Un fait sur les lapins.*

Sa mère n'a pas indiqué s'il fallait lui retourner son journal. Le destin est impénétrable. Peut-être sera-t-il le premier des deux à mourir, renversé par un camion en traversant la rue. C'est alors *elle,* pour une fois, qui aura à lire ses pensées à *lui.*

5

Le plus épais des documents que sa mère lui a envoyés concerne un livre de Marian Dawkins intitulé *Pourquoi les animaux sont importants* – il s'agit d'une critique ou d'une ébauche de critique.

« Le mot *important* dans le titre prête à confusion, lit-il. Rien n'est important dans l'abstraction. Dans l'abstraction, les choses sont importantes pour tout le monde, ou bien pour personne. Ce que Dawkins veut dire, c'est *pourquoi les animaux sont importants pour les humains.*

Voici un échantillon du travail de Dawkins, qui écrit sur l'esprit des animaux, sur l'esprit des humains pour lesquels la question de l'animal n'est qu'un des problèmes de notre époque, et certainement pas une question de vie ou de mort. *Les animaux*, se demande-t-elle, *ont-ils un esprit propre comme le nôtre? Comment répondre scientifiquement à cette question?*

Sa réponse: nous répondons de façon scientifique en la posant scientifiquement. Poser la question scientifiquement exige que nous étudiions le comportement que nous souhaitons expliquer, que nous explorions, dans un cadre rationnel, une série d'hypothèses qui peuvent justifier ce genre de comportement.

Je me mets dans la position de l'animal que Dawkins cherche à juger: *Vous décidez que vous voulez savoir si j'ai un esprit ou si, au contraire, je ne suis qu'une machine biologique, une machine de chair et de sang. À cette fin, vous allez me soumettre à une épreuve dont vous décidez de la forme. Ce sera une épreuve scientifique, caractérisée par la rationalité, le scepticisme, l'évaluation des hypothèses, etc. On présumera que je n'ai pas d'esprit, sauf si l'être à l'épreuve peut prouver le contraire (en fait, sauf si vous, agissant à ma place, pouvez prouver le contraire). Si vous pouvez produire deux hypothèses sur la façon dont je me comporte pendant l'épreuve (en fait, la façon dont vous observez mon comportement), vous choisirez la plus simple des hypothèses, en suivant votre méthode scientifique.*

Je demande: avec tant de choses accumulées contre moi dans cette affaire de vie et de mort, quel est mon espoir de vous satisfaire en démontrant que j'ai un esprit?»

Il pose le papier sur Dawkins. Il se fait tard, il est fatigué, mais ses yeux sont attirés par un document où figure un seul mot, *DASTON*, en-tête griffonné en grosses lettres majuscules noires.

«Je ne suis pas une amie des animaux, lit-il. Les animaux n'ont pas besoin de mon amour, je n'ai pas besoin du leur. L'amour humain est suffisamment obscur. Comment l'amour humain choisit-il son objet ? Je n'en ai pas la moindre idée. Pourquoi est-il mystifié par tant d'ambivalences ? Je demeure coite. Les sensations des animaux nous sont encore plus verrouillées. Non, je ne m'intéresse pas à l'amour, je me soucie simplement de justice.

Néanmoins, j'ai toujours été certaine d'avoir – comment appeler cela – un degré d'accessibilité à l'être intérieur des animaux. Pas à leurs pensées, ni à leurs sensations, mais à la teneur de leur être intérieur, la *Stimmung*. Peut-être d'ailleurs n'est-ce même pas un état "intérieur" (opposé à un état "extérieur") – j'ai mes doutes sur la distinction entre psyché et soma, chez les animaux, comme chez nous. Mais j'ai toujours été convaincue que je possédais cet accès vers l'intérieur. C'est pourquoi j'ai agi comme si je le possédais avec les animaux qui ont croisé mon chemin. J'ai écrit, sans nul doute, comme si je le possédais.

Les *animaux* : quel mot fourre-tout ! Qu'ont en commun le loup et la sauterelle, sinon qu'ils ne sont pas humains ? Qui se ressemble le plus ? Le loup et la sauterelle, ou le loup et moi ?

Comme je l'ai dit, je croyais avoir accès à l'être intérieur du loup, de la sauterelle et de toute la ménagerie. Comment? Par ma faculté d'empathie, qui est innée chez nous, selon mon opinion bien peu scientifique. Nous sommes nés avec cette faculté, une faculté de l'âme, je dirais, plus qu'une faculté de l'esprit; on peut choisir de la cultiver, comme on peut choisir de la laisser dépérir.

Voici que débarque Lorraine Daston, une historienne des idées. C'est Daston qui me fait le plus douter de moi. Elle replace dans un cadre historique les gens comme moi, ces gens qui croient que nous avons une faculté innée de voir le monde à travers les yeux d'un autre.

En résumé, Daston dit la chose suivante: la croyance que nous, les humains, avons la capacité de faire abstraction de nous-mêmes et de nous projeter avec empathie dans l'esprit d'autres êtres – ce qu'elle appelle la capacité de *changer de perspective* – n'est pas du tout innée, ni universelle, mais a émergé au contraire en Occident à la fin du dix-huitième siècle, avec ce qu'on appelait les sciences morales, à un moment de l'histoire de la philosophie occidentale où la subjectivité semblait être l'essence de l'esprit. Ce modèle perspectiviste eut un début, il aura une fin.

À cette affirmation de Daston, je réponds : bien sûr, la subjectivité est l'essence de l'esprit, de l'expérience mentale. *Cogito ergo sum* : c'est parce que *je* pense que je prends conscience, non pas parce que les pensées existent dans l'abstraction. Je pense, et mes pensées m'appartiennent à moi seul, soulignées par mon moi, ma subjectivité, plus profonde que la pensée. Quoi de plus évident ?

C'est là que Daston avance un pion conceptuel qui me déconcerte : elle introduit les anges dans le tableau. Tout comme nous pensons que les bêtes nous sont inférieures mentalement, dit-elle, nous pensons que les dieux et les anges ont un esprit supérieur au nôtre. Dans l'angélologie de Thomas d'Aquin, les anges ont une intelligence intuitive capable de saisir d'un coup la totalité des conséquences de n'importe quelle proposition qui leur est soumise. Comme si, pour l'esprit angélique, la totalité des mathématiques se dévoilait en une illumination unique, évidente.

Quel contraste entre l'esprit angélique et notre intelligence humaine, obligée de peiner à travers les étapes de la logique, tombant souvent dans l'erreur ! Comment l'esprit inférieur des humains, même avec l'aide de sa faculté d'empathie tant vantée, peut-il aspirer à habiter l'intelligence angélique, à considérer les choses selon une perspective angélique ?

Les anges existent-ils ? Qui sait ? L'affirmation de Daston ne dépend pas de leur existence ou non. Jadis, dit-elle, des gens comme Thomas d'Aquin étaient capables de concevoir d'autres esprits que le nôtre sans postuler une capacité d'empathie qui nous permettrait de nous projeter dans le mode d'existence de l'autre.

Quelle leçon dois-je tirer de Daston, moi personnellement ? Elle m'apprend que, en admettant d'emblée qu'à travers le seul pouvoir de l'empathie, voire le sentiment de camaraderie, je pourrais comprendre l'esprit animal, je me suis révélée une créature de mon temps, née pendant le règne du paradigme perspectiviste et trop ignorante pour m'en échapper. Une leçon d'humilité, si je choisis de l'accepter. »

6

Il a terminé sa lecture. Il est une heure du matin, six heures du matin pour elle. Sa mère est très probablement endormie. Néanmoins, il prend le téléphone.

Il a préparé son topo.

« Merci de m'avoir envoyé ce paquet de documents, mère. Je les ai lus pour la plupart, et il me semble entrevoir ce que tu voudrais que j'en fasse. Tu aimerais que je taille dans ces écrits divers pour leur donner forme, que je les arrange comme un bouquet. Mais, tu le sais aussi bien que moi, je n'ai aucun don pour ce genre de choses. Alors raconte-moi, qu'as-tu derrière la tête ? Y a-t-il une chose que tu as peur de me dire ? Je sais qu'il est très tôt, et je m'en excuse, mais, s'il te plaît, sois franche avec moi. Qu'est-ce qui ne va pas ? »

Il y a un long silence. Quand sa mère prend enfin la parole, sa voix est parfaitement claire, son ton lucide.

« Très bien, je vais te le dire. Je ne suis plus moi-même, John. Mon esprit est touché. J'oublie les choses. Je n'arrive pas à me concentrer. J'ai vu le médecin. Il veut que j'aille faire des tests en ville. J'ai rendez-vous avec un neurologue. D'ici là, j'essaie de mettre de l'ordre dans ma vie, au cas où...

Je ne te décris pas le désordre de mon bureau. Ce que je t'ai envoyé n'en est qu'une fraction. S'il m'arrivait quelque chose, la femme de ménage jetterait tout à la corbeille. C'est peut-être tout ce que ça mérite. Mais, de façon humaine et dérisoire, je persiste à penser qu'on peut en tirer quelque chose de bien. Cela répond-il à ta question ?

– D'après toi, qu'est-ce qui ne va pas ?

– Ce n'est pas clair. Comme je te l'ai dit, j'oublie. Je m'oublie. Je me retrouve dans la rue et je ne sais pas pourquoi, ni comment j'y suis parvenue. J'oublie même parfois qui je suis. Une sinistre expérience. Je perds la boule. Il fallait s'y attendre. N'étant que matière, le cerveau se détériore, et comme le cerveau n'est pas déconnecté de l'esprit, l'esprit se détériore aussi. En résumé, voilà comment je vais. Je n'arrive pas à travailler, à penser à long terme. Si tu décides qu'il n'y a rien à tirer de ces papiers, ne t'en fais pas, range-les simplement dans un endroit sûr.

Mais puisque je t'ai au bout du fil, laisse-moi te raconter ce qui s'est passé la nuit dernière.

Il y avait une émission à la télé sur une ferme-usine. Normalement, je ne regarde pas ce genre de choses, mais là, je ne sais pas pourquoi, je n'ai pas éteint.

On voyait un couvoir à poussins – un lieu où l'on fertilise des œufs en masse, où ils sont couvés artificiellement, où l'on identifie le sexe des poussins.

Le processus est le suivant : au deuxième jour de leur vie, quand ils sont capables de se tenir sur leurs pattes, les poussins sont placés sur un tapis roulant et défilent lentement parmi des ouvriers dont le travail est d'examiner leurs organes sexuels. Si l'on est femelle, on est transférée dans une boîte destinée à l'unité de ponte, où l'on passera une vie productive de pondeuse. Si l'on est mâle, on reste sur le tapis roulant. Au bout du tapis, on est précipité sur un toboggan ; en bas, une paire de roues dentées vous broient, vous réduisent en pâte, stérilisée chimiquement puis transformée en nourriture pour bétail ou en engrais.

La caméra, la nuit dernière, suivait sur le tapis roulant un petit poussin en particulier. *Alors voilà à quoi ressemble la vie !* se disait-il. *Troublant, mais pas trop exigeant jusqu'à présent.* Deux mains le soulevaient, écartaient le duvet entre ses cuisses, le replaçaient sur le tapis roulant. *Que de tests !* se disait-il. *J'ai l'impression que j'ai réussi celui-là.* Le tapis continuait de rouler. Courageusement il se laissait porter, affrontant l'avenir et tout ce que signifie l'avenir.

Je ne peux pas me défaire de cette image, John. Ces milliards de poussins nés dans ce monde magnifique, à qui nous accordons la grâce d'un jour de vie avant de les réduire en pâte parce qu'ils sont du mauvais sexe, parce qu'ils ne cadrent pas avec le business plan.

Pour l'essentiel, je ne sais plus à quoi je crois. Mes croyances semblent avoir été recouvertes par le brouillard et la confusion. Néanmoins je m'accroche à une dernière croyance : que le petit poussin qui m'est apparu sur mon écran la nuit dernière est apparu pour une bonne raison, lui comme les autres êtres négligeables dont le chemin a croisé le mien, en route vers leur mort respective.

C'est pour eux que j'écris. Leur vie fut tellement brève, si facile à oublier. Je suis l'unique être de l'univers qui se souvienne encore d'eux, si nous mettons Dieu à part. Après mon départ, il n'y aura que du vide. Comme s'ils n'avaient jamais existé. C'est pourquoi j'ai écrit sur eux, et pourquoi je voulais que tu lises les papiers. Pour que je te transmette, à toi, leur souvenir. C'est tout. »

(2016-2017)

Table

Du même auteur

AUX MÊMES ÉDITIONS

Au cœur de ce pays
roman, 2006
(1re parution : Maurice Nadaud, 1981)
et « Points », nº P1846

Michael K, sa vie, son temps
Booker Prize
prix Femina étranger, 1985
roman, 1985
et « Points », nº P719

En attendant les barbares
roman, 1987
et « Points », nº P720

Terres de crépuscule
nouvelles, 1987
et « Points », nº P1369

Foe
roman, 1988
et « Points », nº P1097

L'Âge de fer
roman, 1992
et « Points », nº P1036

Le Maître de Pétersbourg
roman, 1995
et « Points », nº P1186

Scènes de la vie d'un jeune garçon
roman, 1999
et « Points », nº P947

Disgrâce
Booker Prize
Commonwealth Prize
National Book Critics Circle Award
prix du Meilleur Livre étranger, 2002
prix Amphi
roman, 2001
et « Points », nº P1035

Vers l'âge d'homme
roman, 2003
et « Points », nº P1266

Elizabeth Costello
roman, 2004
et « Points », nº P1454

L'Homme ralenti
roman, 2006
et « Points », nº P1809

Doubler le cap
essais et entretiens, 2007

Journal d'une année noire
roman, 2008
et « Points », nº P2273

L'Été de la vie
roman, 2010
et « Points », nº P2667

De la lecture à l'écriture
Chroniques littéraires 2000-2005
2012

Une enfance de Jésus
roman, 2013
et « Points », nº P3303

Trois Histoires
nouvelles, 2016

L'Éducation de Jésus
roman, 2017

Une vie de province
Scènes de la vie d'un jeune garçon
Vers l'âge d'homme
L'été de la vie
« Opus », 2017

CHEZ D'AUTRES ÉDITEURS

Ici & maintenant
Correspondance (2008-2011)
avec Paul Auster
Actes Sud, 2013

La Vérité du récit
Conversations sur le réel et la fiction
avec Arabella Kurtz
Albin Michel, 2016

RÉALISATION : IGS-CP À L'ISLE-D'ESPAGNAC
IMPRESSION : CPI FRANCE
DÉPÔT LÉGAL : AOÛT 2018. N° 140239 (146917)
Imprimé en France